KB078160

마도천하

박현 新무협 판타지 소설
FANTASTIC ORIENTAL HEROES

魔道
天下

마도천하 7

박현 新무협 판타지 소설

초판 1쇄 찍은 날 § 2010년 11월 23일
초판 1쇄 펴낸 날 § 2010년 11월 30일

지은이 § 박현
펴낸이 § 서경석

편집팀장 § 서지현
편집 § 주소영 · 어정원

펴낸곳 § 도서출판 청어람
등록번호 § 제1081-1-89호
등록일자 § 1999. 5. 31
어람번호 § 제2-2005호

주소 § 경기도 부천시 원미구 심곡2동 163-2 서경B/D 3F (우) 420-822
전화 § 032-656-4452 팩스 § 032-656-4453
http://www.chungeoram.com
E-mail § chungeoram@chungeoram.com

© 박현, 2007

ISBN 978-89-251-2351-6 04810
ISBN 978-89-251-0759-2 (세트)

박현 新무협 판타지 소설

마도천하

FANTASTIC ORIENTAL HEROES

[폭풍행]

도서출판
청어람

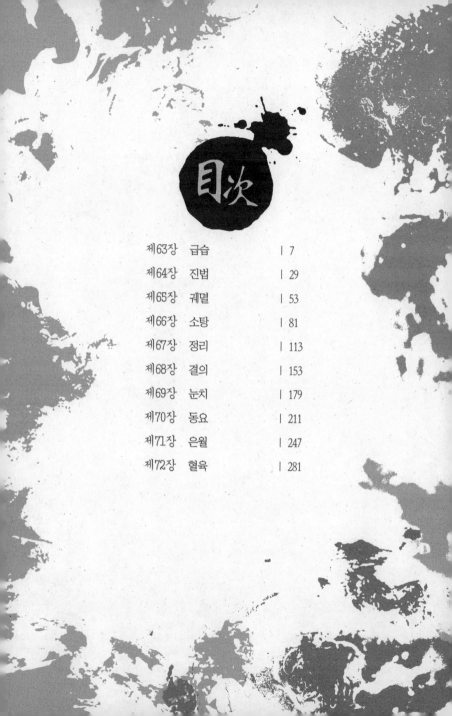

目次

제63장

급습

魔道天下

콰아앙—!

굉음이 온 산을 뒤흔들었다.

마른하늘에 날벼락처럼 퍼지는 소음.

땡땡땡땡!

급박한 종소리가 뒤를 이었다.

파라라락!

끝없이 들리는 옷자락 소리.

수백, 수천의 인영이 산문을 넘었다.

채채챙! 서걱!

"으악!"

"커흑!"

"적이다—!"

고요한 산사(山寺)를 깨우는 비명과 절규.

사방에 피바람이 불었다.

"막아라! 놈들을 막아!"

"푸하하! 한 끼 해장거리도 안 되는 놈들이 막긴 누굴 막는단 말이냐?"

"끄흑!"

"사형—!"

처절한 비명과 애타는 울부짖음이 뒤섞이며 조용하던 겨울산, 공동파가 핏빛으로 물들어갔다.

"세상에, 이럴 수가……?"

옥진자(玉振子)는 경악한 표정으로 수염을 부르르 떨었다.

거처에서 경전을 읽고 있다가 비상 타종 소리를 듣고 달려왔는데 벌써 제자들의 시신이 사방에 즐비했다.

"이게, 이게 무슨 난리란 말인가?"

미처 정신을 차리기도 전에 정체불명의 인물들이 눈에 띄었다.

제자들 사이를 누비며 살수를 펼치는 괴한들.

"웬 놈들이냐? 당장 손을 멈추지 못할까!"

급한 마음에 사자후부터 터뜨렸으나 침입자들은 눈 하나

깜짝 않았다. 오히려 보란 듯 제자들의 명줄을 끊어놓고 있었다.

"어흥! 이놈들! 본도(本道)가 손을 멈추라고 하지 않느냐?"

옥진자는 발연대로(勃然大怒)하여 급히 신형을 날렸다.

날아가는 기세 그대로 두 명의 괴한을 쓰러뜨린 옥진자가 다음 상대를 찾아 방향을 틀려는 순간,

"사숙조! 중과부적입니다! 부디 옥체를……!"

어디선가 비통한 목소리가 들려왔다.

깜짝 놀라 고개를 돌려보니 저 건너편에서 누군가가 목소리를 쥐어짜 내고 있었다.

"진송(眞松)아! 괜찮으냐?"

옥진자의 수염이 또 한 번 떨렸다.

평소 자신이 친손자처럼 아끼던 제자가 피투성이가 되어 비틀거리고 있었기 때문이다.

"진송아, 두 호흡만 버티거라! 내가 당장 그리로 달려가마!"

옥진자는 사방에서 공격해 오는 괴한들을 물리친 뒤 급히 그에게 달려가려 했다. 하지만 미처 두 걸음도 떼기 전에,

퉁…….

섬뜩한 음향과 함께 제자의 목이 허공으로 튀어 올랐다.

"어헝! 진송아!"

시뻘건 피분수를 흘리며 바닥으로 쓰러지는 제자의 시신.

"으아아! 이 천벌을 받을 놈들—!"

그때부터 옥진자는 눈에 보이는 게 없었다.

퍼퍼퍼펑!

"으아악!"

어디서 그런 힘이 솟았을까.

칠순 고령임에도 불구하고 호랑이처럼 날뛰는 옥진자에 의해 십여 명의 괴한이 피떡이 되어 쓰러졌다.

그러나 침입자는 그들만이 전부가 아니었다.

"클클! 이게 누구야? 뜻밖에도 눈먼 고기가 걸려들었군!"

섬뜩한 웃음소리와 함께 등 뒤로 오싹한 암경(暗勁)이 쇄도했다.

"흥! 어림없는 수작!"

옥진자는 코웃음을 치며 벼락처럼 신형을 틀었다.

콰앙!

기파와 기파가 충돌하고, 의외로 옥진자의 신형이 뒤로 주르륵 밀려났다.

"쿨럭쿨럭! 으으……."

피 기침을 토하며 자세를 바로잡은 옥진자는 예상 밖이라는 표정으로 상대를 노려보다가 자기도 모르게 눈을 부릅뜨고 말았다.

"헉! 다, 당신은……?"

옥진자의 눈빛이 급격히 흔들렸다.

"후후. 오랜만이군, 겁쟁이 도사."

으스스한 목소리와 함께 허공에서 뚝 떨어져 내리는 상대.

'무, 무풍수라 육지평! 저 음흉한 괴물이 이곳에 나타나다니……!'

옥진자의 안색이 하얗게 탈색되었다.

그럴 만도 했다.

지금 눈앞에 등장한 이는 자신과 거의 동시대에 활동하던 고수였다. 특히 정사대전 때 그와 싸우다가 한바탕 혼이 난 적이 있었기에 옥진자는 무풍수라를 보자마자 고양이를 본 쥐처럼 버쩍 얼어버렸다.

'으음. 이를 어쩐다……?'

곤혹스런 표정으로 무풍수라의 눈치를 살피는 옥진자.

어느 순간 그의 눈에 기광이 번쩍였다.

'그렇군! 저 마두는 이미 두 발이 잘린 상태! 더욱이 이십 년 넘게 천금마옥에 갇혀 있었으니 더 이상 놈을 두려워할 필요가 없지 않은가?'

어떤 고수든 보법이 원활하지 못하면 제 실력을 발휘할 수 없다. 무풍수라라고 다르겠는가?

'놈의 장기인 섭혼술만 조심하면 된다. 그러면 승산은 나한테 있다!'

생각과 동시에 옥진자는 눈의 초점을 흐렸다. 뒤이어 혼원보법(混元步法)을 밟으며 무풍수라와의 거리를 벌렸고, 은밀히 양손에 공력을 모으기 시작했다.

*   *   *

옥허자(玉虛子)는 공동파의 무학을 연구, 분석, 보완하는 전
대(前代) 원무관(元武官) 관주였다.

또한 전대 약왕당(藥旺堂) 당주인 옥진자와 더불어 공동오
로(崆峒五老)라 불렸고, 신강 땅에서 죽어간 검도인 현풍 진인
의 사부이기도 했다.

혹자는 제자가 '진인'이라 불리고 사부가 아무개 '자(子)'
라고 불려 조금 이상하다고 생각할지 모르겠으나—특히 도인
의 목표가 진인이 되는 것이라고 생각하는 경우엔 더더욱— 아무
개 '자'라는 칭호에도 진인과 마찬가지로 존경의 뜻이 배어
있다.

도교의 시조인 태상노군이 노자라 불렸듯이, 그리고 공자
와 묵자, 순자 등이 그랬듯이 어느 한 분야에 정통하여 일가
를 이룬 사람을 아무개 '자'라고 높여 부르기 때문이다.

옥허자는 검으로 일가를 이룬 사람이었다.

그 자신은 사해(四海)에 위명을 떨치지 못했으나 제자 하나
만큼은 당대에 손꼽히는 고수로 키워냈을 만큼 검에 관한 한
독보적인 안목과 역량을 자랑하고 있었다.

그런 그가 뺨을 씰룩이며 검 대신 불진(拂塵)을 휘두르고

있었다.

혹시 그가 벌써 무형검(無形劒)의 경지에 이르러 먼지떨이로도 검기를 발출할 수 있기에 그런 것일까?

아니었다.

이미 그의 하체는 상처투성이가 되어 갈지자걸음을 걸었고 상체 역시 한쪽 어깨가 내려앉아 덜렁거렸다.

그런 상태에서도 검을 쓰지 않고 불진을 휘두르는 이유는 간단했다. 이미 검이 부러져 버린 때문이었다.

공동파의 존경받는 원로이자 강호 명숙들 사이에서 은거 기인으로 추앙받는 옥허자.

그로 하여금 검 대신 불진을 휘두르게 만든 사람은 과연 누구일까.

"흐흐, 이놈 옥허자야! 어디, 다시 한 번 지껄여 보거라! 뭐? 이 몸이 팔 병신이라서 십 초 안에 제상(祭床)에 올릴 돼지머리로 만들어 버리겠다고? 푸하하, 그렇게 큰소리치더니 꼴좋구나! 어디 그 먼지떨이로 얼마나 버틸 수 있는지 한번 지켜보마!"

득의의 웃음을 터뜨리며 옥허자를 자극하는 사람은 다름 아닌 흡혈시마였다. 놀랍게도 전대 원무관 관주인 옥허자를 흡혈시마가 정신없이 몰아붙이고 있었던 것이다.

'크윽! 내가 저따위 놈에게 이런 수모를 당하다니……!'

옥허자는 불진을 휘두르는 내내 열불이 치솟아 견딜 수 없었다.

처음엔 분명 자신이 승기를 잡고 있었다. 그런데 어느 순간 놈에게서 기이한 흡입력이 생성되더니 상황이 완전 뒤바뀌어 버렸다.

'흡성대법이야! 틀림없이 강호에서 사라진 저주받은 무공을 펼치고 있어!'

흡성대법은 아득한 옛날, 천하를 공포에 빠뜨린 구천신마의 독문 무공이자 내공심법이었다.

그 무공을 익히면 상대의 내공을 빨아들여 순식간에 목내이(木乃伊)로 만들어 버린다고 전해졌는데, 지금 흡혈시마가 펼치고 무공이 바로 그러해 보였다. 십이성으로 펼친 천강복마검법의 진기가 바닷물에 빠진 듯 흔적 없이 소멸되고 있었으니.

하지만 흡혈시마가 펼치고 있는 무공은 흡성대법이 아니었다. 묵자후가 재해석한 금강폭혈공이었으나 이를 알 리 없는 옥허자 입장에서는 시간이 갈수록 심신이 위축되어 갔다.

그런 옥허자의 심정을 더욱 초조하게 만든 건 사방에서 들려오는 비명 소리였다.

놈들이 쳐들어온 지 반 시진도 지나지 않았건만 벌써 조천문(朝天門)이 무너지고 약왕당과 우진궁(遇眞宮) 쪽에서 시커먼 연기가 치솟고 있었다.

'이대로 가면 천선궁(天仙宮)은 물론이고 황성(皇成)*까지 무너지고 말겠구나. 이럴 줄 알았다면 진작 다른 문파에 도움을 요청할 걸……'

옥허자가 뒤늦게 후회하는 이유.

이미 공동파는 열흘 전에 토벌대 전원이 몰살당하고 말았다는 비보를 접했다. 신강 땅에서 살아남은 연성결의 전언이었으나 당시에는 어느 누구도 그 사실을 믿으려 하지 않았다.

하긴 토벌대에 합류한 현풍 진인이 누구던가.

공동파가 배출한 초절정고수가 아니던가!

그런 그가 혼자 간 것도 아니고 네 명의 사제와 함께 갔다.

더욱이 촉도에서 검만 수련한다는 검각이 동행했고, 독심의 언가장과 산서 누대의 명문인 화씨세가가 합류했다.

더하여 구대문파엔 들지 못하지만 오악검파(五嶽劍派)의 한 축을 이루는 항산파와, 불문의 삼대영산(三大靈山)* 중 하나인 오태산의 승려들, 그리고 우공이산(愚公移山)의 고사가 어린 왕옥산의 도사들이 동행했고, 감숙 섬서 산서 지역의 후기지수들과 후군도독부에서 차출한 정예 기병이 뒤를 받쳤다.

그런데 그들 모두 사막의 고혼(孤魂)이 되고 말았다니!

도저히 믿을 수 없는 이야기였다.

---

* 공동파의 시조인 광성자(廣成子)에게 황제(黃帝)가 가르침을 청하러 온 것을 기리기 위해 만든 건물.
* 아미산(峨嵋山), 보타산(普陀山), 오태산(五台山).

그래서 상황을 자세히 알아보기 위해 개방에 협조를 구하고 각 문파에 사람을 보내 정보를 모으려 했다. 그 와중에 토벌대의 목표였던 마인들이 옥문관을 넘어 감숙을 초토화시키고 있다는 소문을 듣게 됐고, 그 소문을 들은 공동파는 아연실색하여 할 말을 잃어버렸다.

이제 현풍 진인을 비롯한 토벌대의 전멸이 기정사실이 되어버린 것이다.

그때부터 공동파는 죽은 이들의 장례를 준비하며 복수를 다짐했다.

'그런데 놈들이 먼저 기습을 가해오다니……!'

만약 묵자후 일행이 이틀만 늦게 쳐들어왔더라도 상황은 완전히 달라졌을 것이다. 검각과 언가장, 화씨세가와 항산파 등, 신강 토벌에 참여한 문파들이 제자들을 이끌고 대거 위령제에 참석했을 테니.

'결국 우리가 너무 안일했다. 놈들이 한파를 무릅쓰고 공격해 올 것이라고는 꿈에도 생각지 못한 까닭이야.'

딴에는 보다 철저한 응징을 가하기 위해 복수를 미룬 것이었으나 그 바람에 오히려 지금과 같은 위기를 겪게 됐다.

'분하지만 어쩔 수 없다! 조사께서도 이허위체(以虛爲體)* 라 하셨으니 상황이 더 악화되기 전에 이곳을 빠져나가야 한다!'

---

* 운급칠첨(雲笈七籤)에서, 광성자가 황제에게 '대자연의 비움으로 몸을 채우라' 라고 가르친 것이나, 옥허자가 도주의 평계로 삼음.

이곳은 지형도 불리한데다가 수적으로도 열세여서 도저히 승산이 없다. 더욱이 마인들은 고수부터 치고 들어오기에 정면으로 부딪치면 백전백패, 제자들의 희생만 늘어난다.

'따라서 놈들을 보다 효과적으로 물리치기 위해서는 상천제(上天梯)나 마침관(磨針觀) 쪽으로 이동하는 게 낫다.'

상천제와 마침관은 좁고 가파른 계곡에 위치해 있다. 비록 정전(正殿)인 천선궁과 가까워 위험부담이 크겠지만, 그곳에선 장기전을 벌일 수 있다. 일대제자들의 거처인 운학전(雲鶴殿)과 장로들이 휴식을 취하는 팔선대(八仙臺)가 지근거리에 위치해 있기 때문이다.

'거기서 진법을 펼쳐 시간을 끌고, 총기있는 제자들을 먼저 탈출시키면 최악의 경우라도 후일을 도모할 수 있을 것이다!'

그런 생각으로 제자들에게 신호를 보내려는데,

"이놈, 옥허자야! 나와 싸우면서 딴생각에 빠져 있다니, 네놈이 죽고 싶어 환장한 모양이구나!"

가슴 철렁한 호통과 함께 눈앞에서 번쩍였다.

"커억!"

가슴뼈를 부술 듯 파고드는 쇠기둥 같은 퇴법.

"으으, 쿨럭쿨럭!"

옥허자는 네 활개를 벌린 채 일 장 가까이 튕겨났다.

정신없이 피를 토하며 겨우 자세를 바로잡은 옥허자는 수

치와 분노가 뒤범벅된 눈길로 흡혈시마를 노려봤다. 그리고 전신 공력을 끌어올려 반격을 가하려다가 갑자기 눈을 좌우로 굴리기 시작했다.

'그렇군! 마침 지금이 이곳을 빠져나갈 수 있는 절호의 기회다.'

정신없이 싸우다 보니 어느새 비탈길 끝으로 몰렸다.

그런데 그게 오히려 전화위복이 되었다.

지금 저 비탈 아래엔 빽빽한 잡목 숲과 어른 키만 한 난석군(亂石群)이 펼쳐져 있고 하늘을 찌를 듯한 송백나무가 우거져 있다. 그러니 몸을 빼내기에 이보다 더 좋은 기회가 어디 있을까.

옥허자는 재빨리 주위에 있는 제자들에게 전음을 보냈다. 그리고 흡혈시마를 공격하는 척하면서 시간을 끌다가 제자들이 일제히 장내를 빠져나가자 곧바로 지면을 박찼다.

"어라? 저놈들이 갑자기 왜 저래?"

처음에 흡혈시마는 영문을 몰라 고개를 갸웃했다. 그러다가 약속이나 한 듯 난석군 뒤로 사라지는 공동파 무인들과 송백나무 숲 너머로 사라지는 옥허자를 보고 그제야 상황을 눈치챘다.

"어쭈? 야, 이 비겁한 도사 놈아! 명색이 장로라는 새끼가 싸우다 말고 도망을 치냐?"

흡혈시마가 분노를 터뜨리며 방방 뛰었으나 이미 옥허자

는 송백나무 숲 뒤로 사라져 머리카락조차 보이지 않았다.

"헉, 헉! 이게 무슨 꼴이냐? 명색이 장로인 내가 오히려 본
파 내에서 쫓기는 신세가 되다니……."

옥허자는 신법을 펼치는 내내 울분을 감추지 못했다.

천하의 공동파, 그것도 현 강호 최고 배분에 속하는 자기가
수발드는 제자 하나 없이 쫓겨 다녀야 하다니.

너무 서글퍼 눈물이 날 것 같았지만 이를 악물고 신법을 전
개했다.

'헉헉……!'

숨이 턱에 차도록 달리니 갈림길 역할을 하는 산모퉁이가
나왔다.

"휴우! 이제 한숨 돌릴 수 있겠군."

여기서 아래쪽으로 향하면 약왕동이 나오고 우회해서 위
로 올라가면 상천제가 나온다.

'일단 기력부터 회복해야겠다!'

옥허자는 바위틈에 기대 운기조식을 취했다. 그리고 다시
상천제 쪽으로 신형을 날리려는 찰나,

"으아악!"

갑자기 허공에서 처절한 비명이 들려왔다. 뒤이어 산모퉁
이 위에서 한 사람이 뚝 떨어져 내렸다.

"어이쿠! 이게 누구야? 사제—!"

옥허자는 대경실색하여 그에게 달려갔다.

"이게 어찌 된 일인가? 정신 차리게, 사제!"

당황한 표정으로 누군가를 끌어안는 옥허자.

그의 품엔 피투성이가 되어 비몽사몽을 헤매는 옥진자가 안겨 있었다.

이미 조천문과 약왕동 쪽에 시커먼 연기가 솟고 있어 저간의 사정은 짐작할 수 있었지만 설마 하니 전대 약왕당 당주인 사제가 중상을 입고 허공에서 뚝 떨어져 내릴 줄은 몰랐다. 그래서 놀라고 당황한 가운데 사제의 기맥을 다스리던 옥허자는 무슨 생각이 들었는지 흠칫 손을 멈췄다.

'여기서 이럴 게 아니다!'

현재 이곳은 사지(死地)나 다를 바 없다. 방금 싸운 흡혈시마는 물론이고 사제를 이렇게 만든 흉수가 언제 나타날지 모르니 일단 안전한 곳으로 피해야 한다.

급한 대로 옥진자의 혼혈을 찍은 옥허자는 좌우를 둘러보다가 맞은편에 보이는 수직 암벽 위로 신형을 날렸다. 그리고 사방을 경계하며 다시 사제의 상세를 돌보는데,

쉬익!

갑자기 산모퉁이에서 일진 돌풍이 휘몰아치더니 누군가의 신형이 나타났다.

'헉! 저, 저자는?'

옥허자는 하마터면 비명을 지를 뻔했다.

유령처럼 산모퉁이 위에서 불쑥 나타난 사람은 다름 아닌 무풍수라 육지평이었기 때문이다.

다행히 옥허자가 숨은 곳은 수직 암벽 위의 잡목이 우거진 곳이라 들키진 않았지만, 흡혈시마에 이어 무풍수라까지 등장하자 온몸에 소름이 돋는 기분이었다.

'갈수록 태산이라더니, 오늘의 형세가 그와 같구나!'

흡혈시마 하나만 해도 부담스러운데 무풍수라까지 등장하다니.

'그렇다면 기련산에 나타난 마인들이 모두 이곳으로 몰려왔단 말인가?'

생각하니 눈앞이 아득했다.

과거 철마성 마인들에게 멸문당할 뻔한 기억을 떠올리며 속으로 몸서리치던 옥허자는 무풍수라의 신형이 사라지자 옥진자를 업고 다시 상천제 쪽으로 향했다.

"훅! 훅……!"

사방을 경계하며 얼마나 달렸을까.

가파른 능선을 지나 산봉우리 정상에 이르니 저 멀리 무저갱 같은 절곡이 보이고, 절곡 양편을 이은 좁고 긴 다리가 보였다.

이름하여 상천제, 천상으로 향하는 구름다리였다.

그런데,

"으아악!"

"커흑!"

아련히 들려오는 비명 소리.

'이, 이럴 수가······!'

이미 상천제 쪽에도 피바람이 불고 있었다.

'벌써 놈들이 이곳까지 쳐들어왔단 말인가?'

너무 허탈해 힘이 쭉 빠지는 기분이었다. 그래서 멍하니 한참을 서 있다가 억지로 안력을 모아 구름다리 쪽을 살펴봤다. 다음 순간 옥허자는 또 한 번 헛바람을 집어삼켜야만 했다.

'저자는 절대사신······! 절대사신 음풍마제가 아닌가!'

이제 더 이상 놀랄 힘도 없었다.

정사대전 당시 언가장을 괴멸시키고 형산파 장문인의 목숨을 취한 장본인. 더하여 소림을 떠받치는 기둥 나한십팔승을 맞이하여 그들 가운데 세 명의 심장을 쥐어뜯어 버린 전설적인 거마!

그의 손짓 한 번에 제자들이 수수깡처럼 날아가고 그의 발짓 한 번에 진세가 태풍을 만난 듯 출렁이고 있었다.

"으아악!"

"끄윽!"

그나마 비명을 지를 수 있는 제자들은 나름 고수 축에 속했다. 대부분의 제자들이 비명조차 지르지 못한 채 속절없이 죽음을 맞이하고 있었다.

'아아……!'

이제 상천제마저 무너지는 건 기정사실.

너무 낙심하여 장탄식을 흘리고 있는데,

꽈르르릉!

갑자기 고막을 흔드는 엄청난 굉음이 들려왔다.

"저 소리는……!"

옥허자의 안색이 또 한 번 급변했다.

내심 최후의 저지선이라 여기고 있던 마침관 쪽에서 들려온 소리였다.

굉음의 여파가 여기까지 울리는 걸 보니 빛보다 빠른 속도를 이기지 못한 대기가 요동치는 소리임이 틀림없었다.

'도대체 놈들에게 어떤 고수가 합류했기에……?'

마치 혼백이 달아난 것 같은 표정으로 마침관 쪽을 바라보는 옥허자. 그의 안색이 더할 수 없이 침중했다.

'만약 마침관까지 무너진다면 천선궁도 안전하다고 장담할 수 없다!'

천선궁은 공동파의 심장이나 마찬가지다. 특히 그곳엔 장문인을 비롯한 공동파의 수뇌부가 모두 모여 있을 것이다.

'하지만…….'

그들만으로는 저 충격파의 주인공을 감당하기 쉽지 않을 것 같았다. 칠십 평생 이런 진동음과 충격파는 처음이었으니.

'그렇다면……!'

지금 당장 천선궁으로 가야 한다.

물론 자신과 사제가 합류한다 해도 오늘의 위기를 무사히 넘길 수 있을 것이란 확신은 없었다. 그러나 공동파를 지탱하는 힘은 누가 뭐래도 자신을 포함한 공동오로였으니 되든 안 되든 최선을 다해봐야 한다.

'그래, 우리 늙은이들이 나서서 구궁십승멸사진을 펼치면 이 위기를 무사히 넘길 수 있을지도 모른다.'

구궁십승멸사진은 구궁(九宮)과 십승(十勝)의 변화를 이용해 열아홉 명의 고수가 펼치는 공동파 최고의 진법이다.

그러나 구궁십승멸사진을 펼친다 해도 십 할의 자신은 없었다. 상대가 다름 아닌 음풍마제를 비롯한 전대의 초거마들이니.

하지만 열아홉 명의 고수가 목숨을 건다면?

그것도 보통 목숨이 아닌, 당금 공동파의 장문인과 전, 현직 장로들, 그리고 각 궁의 궁주와 관주들이 동귀어진의 각오로 진법을 펼친다면……?

"그래, 어차피 죽으면 썩을 몸뚱이. 아낄 필요가 무에 있으랴. 차라리 본 파의 생사존망이 걸린 이때 목숨을 버리는 게 백번 낫지. 아무렴."

그렇게 중얼거리며 옥진자의 상세를 돌보기 시작했다.

추궁과혈과 진기도인법으로 기맥을 자극하고 막힌 울혈을 뚫어주자 옥진자가 끙 하며 정신을 차렸다.

"어떤가? 운기가 가능하겠는가?"

옥허자의 질문에 진기를 일주천해 본 옥진자가 희미하게 고개를 끄덕였다.

"다행이군. 자네도 짐작하고 있겠지만 상황이 매우 심각하네. 아무래도 우리가 무리를 해야 할 것 같아."

그 말을 끝으로 운기조식을 취하는 옥허자.

두 사람 다 사문의 위기를 절감하고 있었기에 더 이상의 설명도, 앞으로의 행동방향에 대한 이야기도 덧붙일 필요가 없었다. 말없이 내상을 다스린 두 사람은 각자의 상처 부위를 동여맨 뒤 서로 눈빛을 교환했다. 그리고 동시에 지면을 박차 천선궁 쪽으로 날아갔다.

제64장

진법

魔道

天下

원시천존과 태상도군, 그리고 태상노군 상(像)이 나란히 앉아 여섯 세계를 굽어보는 제단.

　한 사람이 제단을 등지고 서서 맞은편 산 아래를 내려다보고 있었다.

　"원시천존……. 본 문이 저 악도들에게 다시 수치를 당해야 한단 말인가."

　침울한 표정으로 중얼거리는 노도사.

　대춧빛 안색에 사려 깊은 눈매를 지닌 그는 현 공동파의 장문인인 현광(玄光) 진인이었다.

　그의 안색은 오늘따라 유난히 굳어 있었다. 그 이유는 망막을 가득 채우는 연기와 애간장을 쥐어짜는 제자들의 비명 때문이었다.

'휴우…….'

산 아래를 보며 한참 뺨을 씰룩이던 현광 진인은 긴 한숨을 쉬며 천천히 제단을 나섰다.

굳은 표정으로 계단을 내려서는 그의 손에는 공동파를 상징하는 고색창연한 보검이 쥐어져 있었다.

"장문인……."

현광 진인이 제단을 나서자 미리 대기하고 있던 도인들이 일제히 고개를 숙였다.

현광 진인은 그들을 보는 대신 먼 하늘을 바라봤다.

"본 파의 하늘은 늘 메마른 황톳빛이군."

쓸쓸한 표정으로 천색(天色)을 살피던 현광 진인은 천천히 시선을 돌려 장내에 모인 이들을 둘러봤다.

침통한 기색으로 서 있는 장로들과 각 궁의 궁주들, 관주들…….

현광 진인은 뭐라고 형언하기 힘든 눈빛으로 그들을 바라보다가 천천히 들고 있던 검을 뽑기 시작했다.

'……?'

모두의 눈에 의혹이 어리는 순간,

투두둑.

그의 머리카락은 맥없이 잘려나갔다.

"장문인?"

"사부!"

도열해 있던 이들이 화들짝 놀라 소리쳤다. 그중 일부는 급히 달려와 현광 진인을 만류하려 했다. 하지만 쓸쓸한 표정으로 고개를 젓는 현광 진인.

"왜들 이러시는가? 어차피 우화등선하지 못하면 한 줌 흙으로 돌아갈 인생이거늘……."

느릿하지만 비장한 현광 진인의 말에 손아래 사제인 현암(玄巖) 진인이 간곡한 눈빛으로 애원하듯 말했다.

"하오나 장문 사형, 사형까지 나서실 필요는 없지 않습니까? 곡즉전(曲則全), 왕즉직(枉則直)이라, 휘면 온전할 수 있고 굽히면 곧아질 수 있는 법인데……."

그 말에 현광 진인이 재차 고개를 저었다.

"부질없다, 현암. 와즉영(窪則盈), 폐즉신(敝則新)*은 왜 빼먹느냐. 그리고 역대 조사들 가운데 적 앞에서 등을 보이신 분은 아무도 없었다."

"하오나 사형……."

현암 진인이 뭐라고 덧붙이려 할 때였다.

"그만. 장문인 말씀이 옳다!"

어디선가 카랑카랑한 목소리가 들려왔다.

"광성자께서 본 파를 창건하신 이래 얼마나 많은 적들이 본 문을 침탈했더냐? 그때마다 조사들께서는 몸과 마음을 바

---

*와즉영(窪則盈), 폐즉신(敝則新):움푹 파이면 채워지고, 헐리면 새로워진다. (도덕경에서 발췌)

쳐 본 문의 맥을 이어오셨다. 지금도 마찬가지. 우리가 언제
부터 멸문을 두려워했더냐? 다들 장문인을 따라 사즉생(死卽
生)의 각오로 결발(結髮)을 풀도록 하렷다!"

그 목소리가 울리자 현암 진인을 비롯한 공동파 제자들이
모두 자라목이 되었다.

호통 소리와 함께 등장한 한 사람.

그는 어찌나 늙었는지 온 얼굴이 검버섯투성이였다.

또한 한쪽 눈에 안대를 하고 있었으나 좌중을 노려보는 그
의 눈에선 한여름 태양 같은 안광이 이글거리고 있었다. 바로
공동파의 최연장자이자 전대 장문인인 옥명자(玉明子)였다.

지금은 비록 팔순이 넘어 다 죽어가는 노인네처럼 보이지
만, 정사대전 당시만 하더라도 한쪽 눈과 한쪽 귀를 잃고도
음풍마제와 백여 초를 겨룬, 그야말로 공동파의 살아 있는 전
설이었다.

그런 그가 외눈을 번뜩이며 불호령을 내리자 연무장에 모
여 있던 이들이 하나둘 상투를 자르기 시작했다. 이른 바 외
적의 침입에 대응해 옥쇄(玉碎)를 다짐하는 공동파 특유의 의
식(儀式)이었다.

사실 도인들이 머리를 묶어 상투를 트는 이유는 천도(天道)
에 순응하기 위해서가 아니라 역행하기 위해서였다.

도가의 수행자들이 흔히 말하는 아명재아불유천(我命在我

不由天), 즉 '내 명(命)은 나에게 있지, 하늘에 있지 않다' 라는 뜻을 확고히 하기 위한 의지의 발현이었다. 그래서 사람이 태어나고 늙고 병들어 죽는 섭리에 반(反)하여 단전호흡을 익히고, 금단(金丹)을 만들고, 의식주 전반에 걸쳐 수백, 수천 가지의 계율을 지키는 등, 불사(不死)의 꿈을 이루기 위해 노력하는 것이다.[*]

다시 말해, 평범한 삶을 거부하고 수련을 통해 우화등선하고 말겠다는 신념의 표시로 하늘을 향해 상투를 트는 것인데, 그런 상투를 벤다는 건 우화등선을 포기하고라도 적과 싸우다가 죽겠다는 뜻.

그게 바로 공동파가 자랑하는 옥쇄정신이었다.

상대가 누가 됐든 입문 제자에서부터 장문인에 이르기까지 일심동체가 되어 적과 싸우다가 죽겠다는 마음가짐!

그런 각오가 있었기에 오늘날까지 구대문파의 하나로 우뚝 서게 된 것이다.

하지만 그런 마음가짐 때문에 공동파는 늘 사파와 다를 게 없다는 오해에 시달려야 했다.

공동파의 지리적 위치가 서북 최대의 군사도시인 난주 부근에 위치해 있었기에, 그리고 이민족들의 주요 침입 경로인 녕(寧) 땅과 거의 붙어 있다시피 했기에 황조가 바뀔 때마다, 이민족들이 국경을 침략할 때마다 가장 먼저 그들과 싸워야

---

[*] 화산(華山) 남천문파 23대 장문인 곽종인 선생 일화에서 발췌.

했다.

그러다 보니 공동 문하의 손엔 피 마를 날이 없었고 그 수법 역시 날이 갈수록 잔인하고 악랄해졌다.

하지만 그런 사정을 알 리 없는 강호인들, 특히 공명정대한 무공을 정파의 근간이라고 여기는 구대문파와 오대세가 등은 공동파의 잔혹한 손속을 예로 들며 매사에 무시하거나 경원시하곤 했다. 그 결정판이 바로 이십사 년 전에 벌어졌던 정사대전이었다.

하필 감숙과 신강 경계에서 발호한 철마성.

숱한 정파의 압력을 참다못해 대대적인 반격을 개시했다.

그동안 쌓인 한을 풀려는 듯 노도처럼 밀려오는 마인들.

첫 격전지는 당연히 감숙성이 될 수밖에 없었다. 북방에서 중원으로 진출하려면 필연코 거쳐야 하는 지역이 바로 감숙성이었기에.

게다가 감숙성은 명문 정파가 드문 곳. 특히 남쪽은 진령산맥으로, 동쪽은 육반산맥으로 둘러싸여 있기에 중원에서의 지원이 없다면 고립무원지대나 마찬가지다. 그러다 보니 공동파는 파발과 전서구를 통해 무림맹에 긴급 지원을 요청했다.

그러나 아무리 기다려도 오지 않는 지원군.

연성걸 일행이 신강 토벌에 나섰을 때와 마찬가지로 무림맹 수뇌부는 감숙성의 효용과 일차 저지선을 어디로 두느냐를 놓고 갑론을박을 벌이고 있었다. 그 바람에 공동파는 언제 올지 모르는 지원을 기다리며 악전고투를 치러야만 했다.

그렇게 칠 주야(晝夜)를 버티니 천선궁이 무너지고 조사동마저 반파되고 말았다. 실로 멸문에 가까운 피해를 입은 것이다.

그나마 뒤늦게 합류한 무림맹과 숱한 제자들의 희생으로 간신히 명맥은 유지할 수 있었으나 문파의 중추라고 할 수 있는 일대제자와 이대제자 대부분이 혈전 중에 유명을 달리하고 말았다. 그 결과, 당시 장문인이었던 옥명자와 공동파 장로들은 뇌존 탁군명을 비롯한 무림맹 수뇌부에 대해 엄청난 분노와 실망을 느꼈다.

하지만 뇌존 탁군명이 철혈마제 곽대붕을 물리치고 정파의 영웅이 되자 그 화풀이는 엉뚱한 곳으로 향했다. 바로 철마성 마인들이었다.

가뜩이나 사문을 멸문지경으로 이끈 마인들에 대해 뼛속 깊이 한을 품고 있던 공동파. 정사대전이 끝나자마자 앞장서서 마인들의 공력을 폐쇄하고 잔인한 고문을 가하거나 신체의 일부분을 훼손시켜 버린 것이다.

그렇게 피비린내 나는 곡절과 참화를 겪으며 이제 겨우 과거의 성세를 어느 정도 회복했다 싶었는데, 오늘 또다시 마인들의 공격을 받게 되다니……

현 장문인인 현광 진인과 그의 사제인 현암 진인 등의 안색이 굳어질 수밖에 없는 이유였다.

하지만 옥명자는 오히려 생각했다.

'지금이 과거의 명성을 되찾을 수 있는 절호의 기회다!'

옛말에도 고진감래(苦盡甘來)라 하지 않던가. 또한 쇠붙이도 불에 달구고 망치질을 거쳐야 명검이 되듯, 오늘의 위기를 무사히 넘기면 옛 명성을 회복하는 건 물론이고, 영웅성이나 다른 문파들도 더 이상 공동파를 홀대하지 않을 것이란 생각이 들었다.

'비록 현풍이나 현오가 놈들에게 당했지만 아직 본 문에는 산전수전 다 겪은 나와 내 사제들이 있다! 더욱이 현광을 비롯해 정사대전을 치르고도 살아남은 제자들이 있고, 이틀 뒤면 검각과 언가장 등이 위령제에 참석하기 위해 올 것이니 죽기를 각오하고 싸우면 이틀 정도야 못 버티겠는가?'

그런 생각을 하며 옥명자는 재차 불호령을 내렸다.

"모두 무얼 꾸물거리는 게냐? 단발을 마쳤으면 속히 타종을 울려 제자들을 불러 모으고, 각 항렬 별로 검진을 이뤄 놈들을 맞을 준비를 하렷다!"

옥명자의 목소리가 쩌렁쩌렁 메아리를 울릴 때였다.

꽈르르릉!

갑자기 마침관 쪽에서 엄청난 굉음이 들려왔다.

그 소리를 듣는 순간 옥명자의 안색이 흠칫 굳어갔다.

'설마 저 소리는……?'

이미 그는 초절정을 눈 아래로 보는 고수.

저 굉음에 실린 기운을 못 느낄 리 없다.

'말도 안 된다! 죽은 철혈마제가 되살아나기라도 했단 말인가? 그렇지 않고서는 저런 거력이 존재할 수 없는데…….'

심각한 표정으로 마침관 쪽을 바라보는 옥명자.

그의 눈치를 살피며 현광 진인이 조심스럽게 전음을 보냈다.

"사부님, 예상보다 상황이 훨씬 심각한 것 같습니다. 어떻게… 어린 제자들만이라도 먼저 피신시키는 게 어떨는지요?"

순간 옥명자의 안색이 와락 일그러졌다.

"갈! 장문인께서는 지금 무슨 말씀을 하시는 겐가? 설마하니 예전의 수모를 벌써 잊어버리셨단 말인가?"

현광 진인이 전음을 보냈음에도 불구하고 육성으로 맞받아치는 옥명자의 눈엔 새파란 불길이 이글거렸다.

"정사대전 당시, 우리가 제자들을 피신시켰을 때 다른 문파에서 뭐라고 수군대던가? 본 문이 최선을 다해 싸우지 않고 도망갈 궁리부터 하고 있었다며 조롱을 보내지 않던가? 그때 다짐했었네! 내 눈에 흙이 들어가기 전에는 두 번 다시 그와 같은 수모를 겪지 않겠다고!"

"하오나 사부……."

"그만! 똑같은 수모를 되풀이하자고 내가 이십 년 가까이

폐관수련한 게 아니라네!'

칼로 자르듯 하는 옥명자의 말에 현광 진인은 속으로 긴 한숨을 내쉬었다.

물론 사부의 심정을 모르는 바는 아니었다. 그러나 방금 느낀 기파엔 상상을 초월하는 거력이 담겨 있었다. 더욱이 오늘 쳐들어온 적은 저렇게 불가일세(不可一世)의 공력을 지닌 자만 있는 게 아니었다. 한데 어찌하여 고집을 부리신단 말인가.

염려 가득한 제자의 표정을 읽었을까.

옥명자가 조금 부드러워진 안색으로 말했다.

"걱정 마시게, 장문인. 보아하니 음풍마제 그 노물이 깨달음을 얻은 모양이네. 그놈 아니고서는 저런 공력을 발휘할 인물이 없지. 하지만 나 역시 그에 뒤지지 않는 깨달음을 얻었다네. 내가 목숨을 걸고 싸우면 충분히 놈을 상대할 수 있고, 옥인과 옥능, 옥진과 옥허가 나서면 무풍수라와 흡혈시마도 막을 수 있지. 그러니 자네들은 그 밑의 마졸들만 신경 쓰게. 그러면 아무 걱정할 게 없다네."

그러면서 옥명자는 왼손을 들어 보였다.

츠츠츠츠……!

파란 강기가 맴도는 손.

"이미 나는 혼원일기공(混元一氣功)과 삼음육양장(三陰六陽掌)을 극성으로 연마했네. 이 공력이면 나에게 수모를 안겨준 음풍마제 그놈의 아수라파천무를 능히 상대할 수 있지. 예전에 육장으로도 놈과 백 초를 겨뤘지 않은가? 이제 삼음육양장을 익힌 이상 놈과 천 초는 겨룰 수 있을 것이야. 하니 장문인은 제자들을 다독여 이틀만 버텨주게. 이틀만 버티면 승산은 우리에게 있네."

"알겠습니다, 사부님."

현광 진인의 안색이 다소 밝아졌다.

옥명자가 말한 대로 저 굉음을 일으킨 음풍마제를 견제할 수 있다면 나머지 마인들을 상대로 이틀을 버티는 건 전혀 불가능한 일이 아니라는 생각이 들었다. 그래서 한결 마음이 놓인 현광 진인은 제자들에게 탕마진법과 이십팔숙대진을 펼치라고 명했다.

그런데,

"잠깐! 이십팔숙대진으로는 결코 놈들을 상대할 수 없소!"

허공에서 다급한 목소리가 들려왔다. 뒤이어 두 사람이 장내에 등장했다. 상천제 쪽에서 날아온 옥허자와 옥진자였다.

"그게 무슨 소리냐? 이십팔숙대진으로 안 된다니?"

옥명자가 나타난 두 사람에게 물었다. 옥허자가 대답했다.

"대사형, 이미 상천제가 무너지고 마침관까지 무너졌습니다. 놈을 막으려면 구궁십승멸사진을 펼쳐야 합니다!"

"뭣이? 구궁십승멸사진을?"

"그렇습니다! 그것도 우리 옥자배와 현자배가 모두 나서야

합니다!"

"허! 나까지 말이냐?"

"그렇습니다! 머뭇거릴 시간이 없습니다!"

"말도 안 되는 소리! 겨우 음풍마제 그놈을 상대하자고 위험천만한 진을……."

"대사형! 음풍마제가 아닙니다! 그보다 더 강한 놈입니다! 소문으로 듣던 전왕이자 도마, 환마인 그놈 같습니다!"

"뭐라고? 그럼 방금 그 굉음이?"

"그렇습니다! 속히 명을 내려주십시오!"

옥허자가 급히 재촉할 때였다.

"우우우우우—!"

멀리서 지축을 흔드는 장소성이 들려왔다.

허공이었다. 아득한 허공에 까만 점이 나타났다.

그 점은 나타났다 싶은 순간 빠르게 확대되고 있었다. 마치 날갯짓 한 번으로 구만리를 나는 대붕과 같은 신법이었다.

"그놈입니다, 대사형!"

옥허자가 긴장한 표정으로 말했다.

그 옆에 있던 옥진자가 무얼 발견했는지 눈을 휘둥그레 뜨며 소리쳤다.

"저, 저, 저… 모두 위험해—!"

그 소리에 허공을 바라보던 중인들이 일제히 시선을 돌려 지면 쪽을 바라봤다.

"맙소사!"

장소성 때문에 놓친 장면.

수백 명의 제자가 정신없이 쫓겨 오고 있었다. 마치 호랑이에게 쫓기는 양 떼 같았다.

"안— 돼!"

누군가가 경호성을 터뜨렸다. 제자들을 향해 허공에 뜬 이의 손이 움직이기 시작한 때문이었다.

그 손이 원을 그리자 새벽 공기가 환각처럼 출렁였다.

그리고 그 손이 활짝 펼쳐지는 순간,

꽈르르르릉!

무지막지한 굉음이 고막을 흔들었다.

현광 진인 등은 자기도 모르게 귀를 틀어막았다.

퍼퍼퍼퍼퍽!

"컥!"

"끄흐……."

섬뜩한 음향과 함께 처절한 비명이 들려왔다. 미처 맺지 못한 단말마의 비명이었다.

'으으…….'

현광 진인 등은 자기도 모르게 굳어버렸다.

단 한 수로 수백 명을 피 떡으로 만들어 버리는 무위라니!

모두 충격과 공포로 심장이 쿵쿵 뛰기 시작했다.

그때 옥허자가 모두의 주위를 환기시켰다.

"대사형, 어서!"

그 소리에 퍼뜩 정신을 차린 옥명자가 이를 갈며 소리쳤다.

"옥자배와 현자배는 즉시 구궁십승멸사진을 펼쳐라! 나머지 제자들도 구궁십승멸사진과 이십팔숙대진을 펼쳐 놈들을 맞을 준비를 갖춰라!"

"사부님, 그건 아직 실전에서 쓰기엔……."

"갈! 방금 저 광경을 보고도 그런 소리가 나오느냐!"

옥명자의 노성에 현광 진인을 비롯한 현자배들이 일제히 포진을 시작했다. 연이어 옥허자와 옥진자가 자리를 잡았다.

그럼에도 비어 있는 방위를 보며 옥명자가 발을 굴렸다.

"옥인과 옥능은 왜 아직 안 오는 게야?"

그 말이 끝나기가 무섭게 두 사람의 신형이 장내에 도착했다.

"지금 왔소이다, 대사형."

숨을 헐떡이며 포권을 취하는 두 사람.

그들은 황성에 머물고 있다가 비상 타종 소리를 듣고 달려온 옥인자와 옥능자였다.

"길게 설명할 시간 없으니 곧바로 움직이도록 해라! 구궁십승멸사진이다! 차단진세가 아니라 공멸진세로 간다!"

"예에? 공멸진세라구요?"

"대사형?"

"길게 설명할 시간 없대두!"

두 사람이 어리둥절한 표정을 짓자 옥명자가 발을 구르며 노성을 터뜨렸다.

상황은 옥명자가 성화를 부릴 만도 했다. 벌써 허공에서 날 아오는 이의 외모가 육안으로도 확연히 보일 정도였으니.

"이런! 새파란 애송이잖아! 저런 놈이 어찌……?"

누군가가 불신 어린 표정으로 중얼거렸다.

긴 머리카락을 휘날리며 날아오는 상대.

손엔 평범한 장검을 쥐었고 허리엔 거무튀튀한 쇠사슬을 둘렀다. 하지만 흑백 뚜렷한 눈망울과 한일자로 꽉 다문 입술이 대붕의 날개처럼 펄럭이는 장포와 어울려 무척 인상적으로 느껴졌다.

그런 상대를 보고 질투가 났을까.

갑자기 일대제자 중의 누군가가 달려나가며 소리쳤다.

"사제들, 저렇게 어린놈을 상대로 존장들께 수고를 끼칠 셈인가? 모두 나를 따르라!"

목소리의 주인공은 일대제자의 대표인 장문제자 태일이었다.

"안 돼! 멈춰!"

옥허자가 급히 소리쳤으나 한발 늦어버렸다. 장내에 있던 제자들 중 일부가 태일의 외침에 동조해 벌써 진세를 이루기 시작했다.

"저런 멍청한 놈들! 어서 뒤로 물러서!"

옥허자가 재차 고함을 질렀으나 아무 소용 없었다. 구대문파 제자들에게 있어 장문인이나 그 이상의 존장들이 흑도의 무뢰배들과 직접 손을 섞게 되는 상황은 있을 수도 없고 있어서도 안 되는 불경(不敬)이었으니.

하지만 그 때문이었다.

일대제자들이 달려나가며 진을 형성하는 순간,

번—쩍!

허공에서 아찔한 섬광이 폭사됐다.

"맙소사! 최절정의 검강이야!"

"맞서지 말고 피해!"

옥허자 등이 목이 터져라 소리쳤다. 하지만 그 목소리가 메아리를 울리기도 전에,

짜자자자작!

모골 송연한 음향이 울렸다. 동시에 대기가 비단 폭 찢어지듯 쫘악 갈라지며 제자들의 육신을 몽땅 휘감아 버렸다.

"컥……!"

"끅……!"

참담했다.

검진을 펼쳐 상대를 맞으려 하던 제자들이 비명조차 지르지 못한 채 대부분 선 자리에서 허리가 두 토막 나고 말았다.

"으아아! 저, 저 찢어 죽일 놈!"

"태일아! 태인아!"

옥명자를 비롯한 노도사들이 절규했다. 제자들의 이름을 목 놓아 부르는 이도 있었다. 하지만 감상에 젖어 있을 시간이 없었다.

"와아아아!"

은은한 함성 소리와 함께 멀리서 마인들의 모습이 보이기 시작한 것이다.

그 광경을 본 현광 진인은 심각한 표정으로 나름의 결단을 내렸다.

"사부님, 안 되겠습니다. 일단 어린 제자들을 먼저 피신시키도록 하겠습니다."

"장문인!"

빽 소리 지르는 옥명자의 눈에 살기가 이글거렸다. 그때 옥허자와 옥진자가 끼어들었다.

"장문인 말이 옳습니다. 훗날을 대비해야 합니다. 예전만큼, 아니, 어쩌면 그보다 더 위험한 상황입니다. 부디 허락해 주십시오, 대사형."

"끄응……."

옥명자가 앓는 소리를 냈다. 그러나 형세를 보니 어쩔 수 없다 싶었는지 마지못해 고개를 끄덕였다.

"수치스럽지만 사제들까지 권하니 승낙하도록 하겠네. 단, 이번에는 화산이나 종남이 아닌 소림으로 보내도록 하게."

"알겠습니다."

옥명자가 왜 어린 제자들을 같은 도문인 화산이나 종남이 아닌 소림으로 보내라고 하는지 과거의 사연을 알고 있는 현광 진인은 등 뒤를 보며 말했다.

"현암!"

"예, 장문 사형!"

"자네가 아이들을 인솔해 주게."

"예에? 싫습니다! 차라리 막내인 현운에게 맡기시는 것이……."

말도 안 된다며 고개를 젓는 현암의 귀에 옥명자의 호통이 떨어졌다.

"네 이놈! 시간이 없다는데 뭘 따지고 난리냐?"

연이어 옥명자는 전면을 가리키며 소리쳤다.

"지체하는 사이에 벌써 놈이 코앞에 이르렀다! 가자! 가서 제자들을 구하고 저 악마 같은 놈을 찢어 죽이자! 모두 공멸진세로 개진!"

그 말이 떨어지기가 무섭게 옷자락이 바람을 갈랐다. 현암진인을 제외한 옥자배와 현자배가 일제히 포진을 시작한 것이었다.

콰아아아아!

열아홉 명의 초절정고수가 진세를 펼치자 거대한 회오리바람이 솟구쳤다. 마치 사막의 용권풍처럼 무시무시한 회오리바람이었고, 오직 진세 중앙 부분에만 미풍이 불고 있었다.

지금 옥명자 등이 펼치고 있는 구궁십승멸사진은 정사대전을 겪고 난 뒤 공동파가 절치부심하여 만든 진법이다.

싸움이 벌어지면 항상 고수부터 치고 들어오는 마인들의 전법을 상대하기 위해 고안된 것으로, 열아홉 명이 '어진 사람 인(儿)' 자 형태로 중앙을 비우고 양옆으로 늘어선다.

그리고 상대가 진 안으로 들어오면 진세를 후방으로 이동함과 동시에 양 끝에 있는 이들이 전방으로 나아가 퇴로를 차단한다. 이후 양쪽으로 늘어선 진세를 움직여 진 안에 갇혀 있는 적을 돌아가면서 도륙해 버린다.

물론 상대가 예상을 훨씬 뛰어넘는 고수라면 양 끝에 있는 이들도 전방으로 가지 않고 진에 합류해 상대를 공격하거나 암습을 가한다.

이 과정에서 필요하다면 동귀어진도 불사한다.

그래서 처음엔 '멸사(滅邪)'가 아닌 멸사(滅私)를 위한 진이라며 공동파 내부에서도 말이 많았다. 하지만 옥명자의 강압적인 명에 의해 관건의 예를 마친 제자라면 반드시 수련해야 했다.

그러나 앞서 말했듯 동귀어진도 불사하는 진법이라 연습 도중에 사상자가 속출했다.

그런 일이 반복되자 어쩔 수 없이 소양(少陽), 삼음(三陰), 혼원일기공(混元一氣功)으로 되어 있는 공동파의 심법 단계 중 삼음기공을 칠성 이상 익힌 제자들에 한해 수련토록 했다.

그만큼 위험한 진을, 더욱이 실전에서는 한 번도 사용해 본 적이 없는 진을 드디어 오늘 이 진법을 창안하게 만든 마인들, 그중에서도 지금 눈앞에 들이닥치고 있는 묵자후를 향해 펼치기 시작한 것이었다.

　쾅아아아아!
　포효하는 용틀임마냥 장내를 휘감는 무서운 돌풍.
　묵자후는 신중한 표정으로 진법을 훑어봤다.
　'흠. 지독한 진법이군.'
　이미 남해와 기련산에서 정파의 진법을 몇 번 겪은 묵자후다. 그러나 눈앞에 펼쳐진 진법은 그때와 차원이 달랐다.
　초절정에 이른 고수 열아홉 명.
　그들 하나하나만 해도 만만한 상대가 아닌데 아예 생문조차 없는 진법을 이뤄 앞을 막아서고 있었다.
　그나마 묵자후가 진법에 일가견이 있기에 망정이지, 그렇지 않았다면 저 돌풍을 무시하고 뛰어들었다가 비명횡사당하고 말았으리라.
　'하지만 정작 위험한 건 돌풍이 아니라 고요한 듯 보이는 중앙 부분이지!'
　마치 어서 오라는 듯 미풍만 살랑이는 중앙 통로 부분.
　'후후, 함정이라는 걸 알면서도 뛰어들어야 한단 말이지?'
　묵자후의 눈에 서늘한 광채가 어렸다.

이미 공동파에는 풀 한 포기, 개미 한 마리 남기지 않고 몰살시켜 버리겠다고 선언한 자신이다.

 더욱이 저들은 모친인 금초초와 전대 마등령주였던 소혼파파 두낭랑에게 씻을 수 없는 한을 안긴 추악한 놈들이다.

 '좋아! 오라면 가주지!'

 검파를 쥔 손에 힘줄이 불끈 솟았다. 뒤이어 묵자후의 신형이 구궁십승멸사진 안으로 사라졌다.

제65장

궤멸

魔道

天下

쿠쿠쿠쿠쿠!

묵자후가 진 안으로 들어서자 대기가 격렬하게 요동쳤다.

낮게 깔린 구름은 더욱 낮아졌고, 지축이 널뛰듯 흔들리는 가운데 열아홉 개의 돌풍이 섬광을 번쩍이며 묵자후를 덮쳤다.

쿠콰콰콰콰!

어떨 땐 하나가, 어떨 땐 둘이, 어떨 땐 사방에서 섬광이 날아왔다.

단순한 섬광이 아니었다. 무쇠라도 단숨에 베어버릴 수 있는 강기였다. 그 강기에 스치면 제아무리 묵자후라도 무사할 수 없을 것 같았다.

묵자후는 진 안으로 들어가자마자 금강폭혈공을 운용했다.

취기흡기, 폭기혈기, 내외상합을 거쳐 등천혈룡으로 이뤄진 궁극의 외문기공.

예전에는 내외상합 부분에서 막혔으나 천금마옥 폭발 이후 바다에서 수련하면서 내외상합을 깨달은 묵자후였다. 그리고 지존령에 새겨진 천마의 심득을 궁구하는 와중에 등천혈룡에 관한 부분도 어느 정도 감을 잡은 묵자후였다.

고오오오……!

금강폭혈공을 운용하자 구궁십승멸사진의 기운이 묵자후의 전신 모공으로 빨려왔다.

"쿨럭!"

그러나 너무나 무지막지한 기운이라 오히려 내상을 입었다.

할 수 없이 취기흡기의 요결로 일부만 취한 뒤, 내외상합의 요결로 흡수한 기운을 전신으로 퍼뜨렸다. 이어 비격탄섬참화류의 요결 중 탄자결을 운용하니 뇌벽탄(雷霹彈)이라는 강기막이 형성되었다.

뇌벽탄은 상대의 공격을 받은 이상으로 되돌려주는 반탄강기.

거기에 금강폭혈공이 더해지니 상대의 공격은 타격 지점

에서 방향을 틀어 원래의 공격력에다 묵자후의 반탄 공력까지 더해져 상대에게 되돌아갔다.

쿠콰콰쾅!

상대의 공격과 묵자후의 반탄 강기가 충돌하자 진천뢰가 한꺼번에 폭발하는 듯한 굉음이 터졌다.

"쿨럭쿨럭!"

구궁십승멸사진은 과연 대단했다.

그토록 엄청난 반탄 강기를 되돌려 보냈음에도 불구하고 상대는 진세 속으로 사라지고 묵자후만 내상을 입었다. 그리고 뒤로 밀려난 묵자후의 명문혈 쪽으로 두 개의 회오리바람이 쇄도했다.

쾌애액!

묵자후의 등과 허리를 쪼개 버리려는 듯 날아오는 작살 같은 강기.

그 강기가 등에 닿으려는 순간, 묵자후의 신형이 팽이처럼 회전하며 새하얀 빛을 폭사했다.

쫘르르르릉.

빛보다 빠른 기파에 이은 엄청난 벽력음!

마침관을 뒤흔든 뇌성이 바로 이것이었다. 그리고 소혼파파 두낭랑이 죽기 전에 눈물을 흘리며 감격했던 강기가 바로 이것이었다.

비격탄섬참화류 가운데 쾌의 극치라 불리는 천마섬!

그 빛 같은 강기가 대기를 쪼개자 묵자후를 덮치던 두 개의 돌개바람이 일순간 갈라지는 듯했다.

그러나,

"이런……!"

어느새 형체도 없이 사라져 버린 돌풍.

환각이었다.

진짜 공격은 환각이 사라지자마자 시작되었다.

스스스슷!

묵자후가 환각임을 깨닫고 검을 회수하는 찰나 날아온 여섯 줄기의 검강.

대기조차 숨을 죽일 정도로 무서운 강기였다.

'받아치기엔 이미 늦었다!'

그렇다고 신형을 솟구칠 수도 없었다. 머리 위에서도 두 개의 검강이 벼락처럼 떨어져 내리고 있었으니.

'이런 게 정파의 저력인가?'

예로부터 숱한 마인들이 고전했다는 정파의 저력!

전후좌우에서 그물처럼 조여오는 검진을 겪어보니 은은한 긴장과 함께 호승심이 치밀었다.

그러나 지금은 호승심이 치민다고 해서 맞받아칠 상황이 아니었다. 뇌벽탄마저 흔들릴 정도로 무서운 공격인데다 저 많은 검강을 한꺼번에 상대하려 했다간 부상당할 우려도 있었다.

'할 수 없군!'

여섯 개의 검강이 뇌벽탄을 두드리는 순간, 묵자후의 신형이 무서운 속도로 회전했다.

'놈! 이제 끝이다!'

옥명자는 싸늘한 미소를 지었다.

다른 이들과 달리 허공에서 검신합일의 기세로 하강하는 그의 눈엔 장내 상황이 일목요연하게 들어왔다.

예상대로 놈은 환각에 걸려들었다.

이제 여섯 방위에서 공격하는 제자들이 놈을 어육 덩어리로 만들면 된다. 설령 놈이 그 공격을 피하기 위해 허공으로 몸을 솟구친다 해도 염려할 게 없다. 자신과 옥인이 천강복마검법으로 놈의 머리를 두 쪽으로 갈라 버리면 되니.

'역시 위험을 무릅쓰고 구궁십승멸사진을 펼치길 잘했군.'

비록 맨 처음 놈을 유인한 두 사제가 무리한 진기를 소모해 한동안 요양이 필요하겠지만 이 정도면 소기의 목적은 달성한 셈이다.

'그럼 놈의 최후나 감상해 볼까?'

그렇게 생각하며 하강 속도를 늦출 때였다.

'앗?'

갑자기 눈 아래에서 거센 흙먼지가 피어올랐다. 동시에 여섯 줄기 검강이 짜자작 소리를 내며 놈을 도륙했다.

"크윽······!"

"우욱······!"

이게 어찌 된 일인가.

신음은 오히려 검강을 날린 현자배의 제자들에게서 흘러나왔다.

"이럴 수가?"

옥명자는 자기도 모르게 눈을 부릅떴다.

제자들에 의해 어육 덩어리가 되어 있어야 할 묵자후의 신형이 감쪽같이 사라져 버린 것이다. 그로 인해 목표물 대신 서로의 몸에 검을 박아 넣은 제자들.

참담했다.

아무리 동귀어진의 우려가 있는 진법이라지만 목표물과 동귀어진한 게 아니라 같은 편끼리 상잔(相殘)을 벌이다니.

'이건, 이건 아니야!'

그렇다. 천지개벽을 해도 이건 아니었다.

놈과 제대로 싸워보기도 전에 여섯 명의 제자가 피투성이로 변하다니······.

으드득!

옥명자의 안광이 불길을 토했다. 동시에 사라진 묵자후의 흔적을 찾기 위해 새파란 눈동자로 사방을 훑었다.

바로 그때,

푸확!

어디선가 흙더미가 튀어 올랐다. 뒤이어 사라진 묵자후의 신형이 불쑥 튀어나왔다. 상잔의 충격으로 비틀대고 있는 제자들의 등 뒤쪽이었다.

"안 돼—!"

옥명자는 기겁성을 토하며 하강 속도를 극한으로 끌어올렸다. 옥인자 역시 상황을 눈치채고 하강 속도를 배가했다.

그러나,

슈아악!

묵자후의 손이 눈부신 광채를 뿌리는 순간, 뭐라고 표현하기 힘든 섬뜩한 소음이 울리면서 서로 뒤엉켜 있던 제자들의 몸이 두 쪽으로 갈라졌다.

"으아아, 이놈—!"

옥명자는 괴성을 터뜨리며 묵자후를 덮쳤다.

옥인자 역시 빛살 같은 속도로 묵자후의 정수리를 베었다.

하지만 두 사람이 깜빡 잊고 있는 게 있었다. 지금 외곽에는 옥능자를 비롯한 아홉 명이 진세를 따라 움직이고 있었다. 그리고 동귀어진을 불사하는, 생문이라곤 아예 존재하지 않는 구궁십승멸사진이 돌풍을 일으키며 계속 움직이고 있었다.

"대사형, 이사형, 피하시오!"

돌풍 속에서 긴박한 목소리가 튀어나왔다.

'아차!'

옥명자와 옥인자는 가슴이 철렁 내려앉았다.

이미 여섯 명의 목숨을 집어삼킨 구궁십승멸사진.

그 위력은 전혀 반감되지 않았다. 아니, 오히려 더 많은 피를 갈구하듯 무서운 기세로 다가오고 있었다. 두 사람이 이대로 공격을 감행하면 그들도 진세에 휘말릴 상황이었다.

촌각의 순간, 숱한 상념이 떠올랐다.

'으드득! 죽어도 좋다!'

옥명자의 눈에 독기가 어렸다.

옥인자 역시 마찬가지였다.

눈에 넣어도 아프지 않을 제자가 여섯이나 죽었는데 자신들의 목숨 따위가 대수겠는가.

"노옴! 죽인다아아아!"

쐐애애애애액!

바람을 가르며 하강하는 두 사람.

그들의 검은 추호의 망설임도 없었다. 오직 묵자후만 노렸다.

그런 그들을 향해 아홉 줄기의 검강이 날아들었다.

퍼버버버버벅!

또 한 번 섬뜩한 음향이 울려 퍼졌다. 피가 튀고 살점이 날아가는 소리였다.

휘우우웅…….

잠시 후, 돌풍이 멎고 구궁십승멸사진이 멈췄다.

뒤늦게 들이닥친 아홉 줄기의 검강.

그중 선두에서 검을 날린 옥능자의 안색이 파리하게 굳어 있었다.

옥능자 뒤에서 악몽을 꾼 듯 멍하니 서 있던 현광 진인이 떨리는 목소리로 중얼거렸다.

"사부… 이게… 이게 어찌 된 일입니까?"

더듬거리는 현광 진인의 목소리엔 비탄과 경악, 충격과 불신이 담겨 있었다.

그럴 만도 했다.

무풍수라의 절기인 유형환환신법은 강호에서 세 손가락 안에 드는 초절정신법이었다.

그 신법의 최고 장점은 유령처럼 달릴 수 있다는 것이었으나 쾌속무비하게 앞으로 달리기만 할 뿐 후퇴나 방향 전환을 자유자재로 할 수 없다는 단점 또한 안고 있었다.

그런 단점을 묵자후가 바꿔놓았다. 대부분의 신법이 용천혈을 활용하는 데 비해 묵자후가 바꾼 신법은 발가락이나 발 뒤꿈치로도 움직일 수 있었다.

또한 천금마옥에서 죽은 오보추혼 사무기의 절기는 환환미리보였다.

그 보법의 최고 장점은 찰나간에 구궁 팔괘를 역으로 밟고

삼살방을 선점할 수 있다는 것이었다.

옥명자와 옥인자가 허공에서 검신합일의 기세로 검강을 날릴 때, 이미 지둔술을 펼쳐 여섯 명의 고수를 상잔하게 만든 묵자후는 더 이상 반격을 펼칠 여력이 없었다. 그 위기의 순간, 묵자후는 유령환환신법과 환환미리보를 동시에 펼쳤다.

뿐만 아니라 동정호에서 흑오가 납치될 때 파멸승과 무간승 등이 경악했던 비격탄섬참화류의 비자결 광속비(光速飛)까지 병행했다.

그 결과가 바로 넋 나간 듯 서 있는 현광 진인의 눈에 비친 광경이었다.

피범벅이 되어 쓰러져 있는 여섯 명의 공동파 고수와 그들 가운데 물구나무를 서듯 지면에 검을 꽂은 채 절명해 있는 두 사람.

참혹했다.

정사대전을 치르고도 살아남은 옥명자와 옥인자가 제자들의 검에 목숨을 잃고 말았다.

그들의 전신을 난도질한 아홉 개의 검흔!

그건 바로 옥능자와 현광 진인 등이 날린 검강이었다.

그럼 애초의 목표였던 묵자후는 어디로 사라져 버렸을까?

그 해답은 옥능자가 알려주었다.

"장문인! 조심하시오!"

사색이 되어 소리치는 옥능자.

그의 망막에 대붕처럼 현광 진인을 덮치는 묵자후의 모습이 투영됐다.

물론 옥능자는 경호성을 발하는 데 그치지 않았다. 초절정에 이른 고수답게 곧바로 몸을 날려 묵자후의 목을 베어갔다.

다른 이들도 마찬가지였다. 까딱 잘못하면 장문인마저 잃게 되는 상황이었으니 모두 신검합일의 기세로 지면을 박찼다.

쐐애애액!

쉬쉬쉬쉭!

살 떨리는 검강이 또 한 번 장내를 휘감았다.

'아아……'

현광 진인은 자기도 모르게 눈을 감고 말았다.

옥능자의 목소리를 듣는 순간 정수리를 덮쳐 오는 묵자후의 공격을 눈치챈 것이다.

그는 검을 날려오는 사숙과 사제들을 보며 생각했다. 비록 놈은 자신을 죽일 수 있겠지만, 놈 역시 저들에 의해 비참한 최후를 맞이할 것이라고.

놈과 함께 죽어야 하는 운명이 한스러웠지만 어쩔 수 없었다. 이게 바로 공동파가 자랑하는 옥쇄정신이었으니.

카라라라락!

그런데 뭔가 이상했다.

섬뜩한 통증 대신 쇠붙이 부딪치는 소리가 났다.

'설마……?'

분분히 물러나는 사숙과 사제들을 보며 현광 진인은 떨리는 손으로 자기 목을 만져 봤다.

'……!'

낯선 감촉이 느껴졌다.

차갑고 묵직한 느낌.

시커먼 쇠사슬이 자기 목을 휘감고 있었다.

그리고 고막을 파고드는 나지막한 음성.

"움직이지 마!"

'으으…….'

상대의 목소리를 듣는 순간 온몸에 힘이 빠졌다.

"저, 저 흉악무도한 놈!"

"역시 악마의 종자는 어쩔 수 없구나! 비겁하게 사람을 방패막이로 삼다니!"

사방에서 분노한 고함 소리가 들려왔다.

'허허.'

상황은 명확했다.

자신이 인질이 되고 만 것이다.

'이런 수치가…….'

너무 기가 막혀 자진이라도 하고 싶었으나 진기가 한 줌도 모이지 않았다. 그런 상황을 눈치챘는지 누군가가 이를 갈며 소리쳤다.

"네놈이 사내라면 장문인을 놓아주고 정정당당하게 앞으로 나서라! 그게 무인답지 않으냐?"

사숙인 옥진자였다.

놈이 그 말을 되받아쳤다.

"정정당당? 후후, 나 하나 상대하자고 떼거리로 덤벼놓고 이제 와서 그런 말을 하다니, 좀 우습지 않은가?"

그의 대꾸에 모두 말문이 막혀 버렸다.

"그리고 다들 오해하고 있는 것 같은데……."

그의 목소리가 계속 들려왔다.

"난 인질 따위는 필요치 않아."

"…그럼 지금 그 행동은 뭐냐?"

누군가의 질문에 그가 피식 웃으며 대답했다.

"그냥 지형지물을 이용한 것뿐이야."

"뭐, 뭣이라?"

"저런 쳐 죽일 놈! 감히 뉘더러 그런 망발을!"

세상에, 구대문파 장문인을 지형지물로 취급하다니.

모두 울화가 치밀었다.

현광 진인 역시 마찬가지였다.

역대 공동파 장문인들 중에 이런 치욕을 당한 사람이 누가 있었던가?

현광 진인은 너무 수치스러워 혀라도 깨물고 싶었다.

그때,

"앙앙불락 말들이 많군. 좋아, 더 이상 오해받기 싫으니 이 물건은 되돌려주지. 자, 받아!"

그 말과 함께 목에 강한 압박이 느껴졌다. 동시에 소름 끼친 통증이 목을 스친다 싶더니,

차라라락!

"컥……!"

"장문인─!"

"네 이놈─!"

사방에서 비통한 고함 소리가 터져 나왔다.

그러나 현광 진인은 아무 소리도 들을 수 없었다.

팽이에 감은 실을 풀 듯 묵자후가 쇠사슬을 떨치는 순간, 그 회전력에 의해 목이 부러진 상태로 바닥에 내동댕이쳐져 버렸기 때문이다.

그 참혹한 광경을 본 탓일까.

장내에 폭발할 듯한 살기가 출렁였다.

죽은 현광 진인의 시신을 보며 주먹을 부르르 떠는 공동파 무인들.

그들을 향해 묵자후가 말했다.

"이제 원하는 대로 해줬으니 아무 불만 없겠지? 그럼 지금 부터 홀가분하게 한번 싸워보자구."

그러면서 쇠사슬을 팽팽하게 감아쥐는 묵자후.

"오냐, 이놈! 원시천존의 힘을 빌려서라도 네놈만큼은 반드시 죽여 버리고 말겠다!"

옥능자가 이를 갈며 앞으로 나섰다.

이미 구궁십승멸사진마저 무너진 상황. 승산이라곤 전혀 없는 싸움이었다. 그러나 전대 장문인인 옥명자와 현 장문인인 현광 진인을 눈앞에서 잃었으니 어떤 수를 써서라도 문파의 위신을 세움과 동시에 두 장문인의 복수를 해야 했다.

"사형, 저희도 함께하겠습니다."

등 뒤에서 진득한 목소리가 들렸다.

옥허자와 옥진자였다.

공동파를 지탱하는 다섯 기둥 중 남은 사람은 이제 그들 셋뿐이었다.

"사숙! 저희들도 함께하겠습니다!"

현자배 중 살아남은 일곱 사람도 앞으로 나섰다. 그러나 옥허자와 옥진자는 눈짓으로 그들을 만류했다.

지금 싸워야 할 적은 묵자후만 있는 게 아니었다. 숱한 마인들이 이곳으로 몰려오고 있었다. 따라서 자신들이 묵자후를 견제할 동안 살아남은 제자들을 데리고 퇴로를 확보하는 게 훨씬 더 중요하다고 생각했다.

다행히 현자배들은 상황 판단이 빨랐다. 다들 각 관의 관주나 궁주 급이었기에 자신들이 맡아야 할 책무를 깨달았다.

그들은 비통한 눈빛으로 물러났다. 그리고 눈시울을 붉히며 살아남은 제자들에게 은밀히 전음을 보냈다.

"통탄스럽지만… 천선궁은 버린다. 모두 사신애(舍身崖) 쪽으로 이동할 준비를 갖춰라!"

그들의 전음에 동귀어진의 각오를 다지고 있던 제자들이 흠칫했다.

사신애는 공동파 서쪽 봉우리에 있는 절벽.

그곳으로 이동할 준비를 하라는 말은…….

'……!'

대충 무슨 뜻인지 짐작한 공동 문하들은 결의에 찬 눈빛으로 입술을 깨물었다.

'죽더라도 의미없이 죽지는 않겠다!'

모두 그런 다짐을 하며 신호를 기다리고 있을 때였다. 또한 옥능자 등이 삼재진을 펼치며 묵자후를 압박하려는 찰나였나.

"흐흐. 닭 잡는 데 소 잡는 칼을 쓰면 아이들이 섭섭해하지."

"형님 말씀이 옳소! 틈만 나면 잔머리를 굴리는 쥐새끼들은 우리가 때려잡아야지!"

허공에서 음산한 목소리가 들려왔다. 무풍수라와 흡혈시마였다. 약왕동 부근에 있던 그들이 어느새 이곳으로 합류한 것이었다.

그들뿐만이 아니었다.

상천제와 마침관 부근에 있던 마인들도 속속 장내에 도착
했다.

옥능자는 줄줄이 나타나는 마인들을 보며 아득한 절망감
을 느꼈다.

'놈들의 기동력이 상상을 초월하는구나……'

안타깝게도 천 명에 달하는 제자 중 살아남은 사람은 외진
암자에 있는 일부를 제외하면 여기 있는 삼백여 명이 전부였
다. 그에 비해 놈들은 장내에 도착한 이들만 천 명이 넘어 보
였다.

이제 기적이 일어나지 않는 한 탈출은 불가능한 상황.

그런데도 옥능자는 검을 아로 세웠다. 옥허자와 옥진자 역
시 마찬가지였다.

이미 세 사람은 죽음을 결심했기에 더 늦기 전에 묵자후의
움직임을 제한할 작정이었다.

하지만 그들이 막 묵자후를 공격하려는 순간, 마인들 사이
에서 한 사람이 걸어나왔다.

언뜻 보면 선풍도골의 인자한 노인처럼 보이지만 실제로
는 이곳에 있는 그 어느 마인보다 더 잔인하고 흉악한 사람.

"으으……"

음풍마제가 특유의 미소를 띠며 다가오자 옥능자 등은 자
기도 모르게 그 자리에서 굳어버렸다.

'원시천존…… 본 파의 운명이 여기까지란 말인가.'

옥능자는 허탈한 표정으로 옥허자와 옥진자를 바라봤다.

두 사람 역시 암담한 표정으로 옥능자를 바라봤다.

세 사람은 말없이 시선을 교환하다가 동시에 고개를 끄덕였다.

"타아아아앗!"

곧이어 옥능자가 비장한 기합성을 터뜨리며 먼저 신형을 날렸다.

까마득하게 허공으로 치솟은 그에게서 눈부신 광채가 폭사됐다.

뒤이어 옥허자와 옥진자가 지면을 박찼다.

옥허자는 화살처럼 신형을 날려 검신합일의 기세로 대기를 쪼갰다. 옥진자는 이형환위의 신법으로 왼손에는 통천장(通天掌)을, 오른손에는 천강복마검법을 전개했다.

천지인(天地人)의 묘리를 담은 삼재진이 이보다 더 완벽할 수 없으리만치 무서운 기세로 한 점에 집중되었다.

하지만 그들의 합공을 받은 사람은 묵자후가 아니라 음풍마제였다.

이미 구궁십승멸사진을 상대하느라 가볍지 않은 내상을 입은 묵자후.

비록 심각한 상태는 아니었으나 묵자후의 머리카락 하나조차 소중한 음풍마제였기에 앞으로 나서려는 묵자후를 밀어내고 대신 삼재진을 맞았다.

"이런! 또 대형 혼자 영웅 행세를 하실 작정이오?"

"그러게. 만날 혼자서만 잘난 척해! 어어? 같이 갑시다, 형님!"

무풍수라와 흡혈시마가 심통을 부리며 음풍마제의 뒤를 받쳤다. 혹시나 하는 우려 때문이었다.

그러나 정파인들에게 절대사신이라 불리는 음풍마제.

그의 무위는 뒤따르는 무풍수라나 흡혈시마조차 기겁할 정도로 강력했다.

그의 양손이 갈퀴처럼 오므라들었다가 활짝 펼쳐지는 순간 허공에서 날아오던 옥능자의 검강이 먹먹한 폭음을 울리며 분쇄되었다. 연이어 점을 찍듯 손가락으로 허공을 찌르자 '퍼퍽!' 하는 소음과 함께 옥능자의 오른손이 피 떡이 되어 사라졌다.

"안 돼—!"

"이사형—!"

옥허자와 옥진자가 비명을 지르며 음풍마제를 공격하려 했다.

그러나 이미 삼재진이 깨져 버린 상황.

더욱이 그들을 향해 무풍수라와 흡혈시마가 쇄도해 오고 있었다.

"이놈—!"

"비켜랏—!"

옥허자와 옥진자는 노성을 터뜨리며 사력을 다해 검강을 날렸다. 그리고 검결지를 짚은 손으로 통천장과 단망인(斷網印)을 펼쳤다.

그러나 이미 조천문과 약왕당 앞에서 한 번씩 패배를 맛본 두 사람이다. 그사이에 영약을 복용하거나 갑작스런 깨달음을 얻지 않은 이상 무풍수라와 흡혈시마를 물리칠 능력이 생겼을 리 없다.

퍼퍼퍼퍽!

"크윽!"

"끄흐……."

가죽 북 터지는 소리와 함께 두 사람은 날아가던 속도보다 더 빨리 뒤로 튕겨났다. 그런 그들을 향해 음풍마제의 아수라파천무가 쇄도했다.

츠츠츠츠츠!

단 이 초 만에 옥능자를 불구로 만든 음풍마제가 신형을 틀며 대기를 사선으로 쪼개자 옥허자가 작살에 꿰인 생선처럼 사지를 부르르 떨었다.

뒤이어 음풍마제의 옷자락이 회전하며 철판 같은 강기를 내뿜자 이형환위의 신법으로 급히 신형을 안정시키려던 옥진자의 무릎이 썩은 무처럼 싹둑 잘려 나갔다. 의도하지는 않았지만 실로 절묘한 합공이 되고 만 것이다.

"사숙―!"

"사숙조―!"

초조한 심정으로 존장들의 격돌을 지켜보던 공동 문하들은 불과 몇 호흡 만에 피투성이로 변한 세 사람을 보고 일제히 경악과 비명성을 터뜨렸다.

그들의 안타까운 목소리를 듣고 다시 정신을 차렸을까.

오른팔을 잃고 추락한 옥능자가 비틀거리며 자리에서 일어났다.

그는 사라진 오른손 대신 왼손으로 검을 움켜쥔 뒤 필생의 공력으로 다시 지면을 박찼다.

"으아아아!"

"이 악마 같은 놈들―!"

"가자! 가서 놈들을 죽이자!"

옥능자의 분투를 보고 흥분한 공동 문하들이 일제히 장내로 달려나갔다. 현자배들이 미처 말리기도 전이었다.

"어쭈? 저놈들 보게?"

"흐흐, 알아서 죽을 자리로 달려오는군."

"어서 와라, 이 간교한 말코 놈들아!"

공동 문하들이 불나방처럼 달려오자 마인들도 그에 질세라 일제히 장내로 뛰어나갔다.

퍼퍼퍼퍽!

"으아악!"

"끄흐……"

양쪽은 이내 서로 뒤엉켜 치열한 혈전을 벌였다.

피가 튀고 살이 갈라지는 혼전.

장내는 순식간에 아수라장으로 변했고, 시간이 갈수록 공동 문하들의 숫자가 급격히 줄어들었다. 중과부적인데다 고수의 숫자도 현격히 차이가 났으니 당연한 결과였다.

"원시천존······ 천려일실(千慮一失)이라더니 한순간의 울분을 참지 못해 최후의 안배가 허사가 되어버리고 말겠구나."

몰려오는 마인들을 베어 넘기며 탄식을 터뜨리는 현자배 고수들.

암담했다.

이미 장문인을 비롯한 사존(師尊)들의 죽음을 보고 눈이 뒤집힌 제자들을 무슨 수로 말릴 수 있단 말인가.

바로 그때였다.

"제자들은··· 제자들은 경거망동을 삼가라······."

어디선가 쥐어짜는 듯한 음성이 들려왔다.

가늘고 미약하지만 모두의 귀에 너무나도 익숙한 목소리.

옥진자였다.

양 무릎을 잘린 상태로 혼절해 있던 옥진자가 아수라장으로 변한 장내의 소음을 듣고 겨우 정신을 차렸다.

그는 멍하니 주위를 둘러보다가 늑대들에게 찢기는 양 떼처럼 피투성이가 되어 죽어가는 제자들을 보고 상황의 심각함을 깨달았다. 그래서 상반신을 일으키며 쥐어짜는 듯한 목소리로 고함을 질렀다.

"본 문을 위해… 스스로를 위해… 제자들은 이곳을 떠나 각자도생(各自圖生), 목숨을 보존토록 하라!"

그 말과 함께 최후 진력을 쥐어짜내 두 명의 마인을 쓰러뜨린 옥진자. 그러나 연이어 공격해 오는 마인들에 의해 목이 잘리고 말았다.

"사숙―!"

"사숙조―!"

피를 콸콸 쏟으며 유명을 달리한 그의 최후를 보고 공동 문하들은 또 한 번 절규했다. 그 와중에 살아남은 현자배의 고수, 현수 진인이 파도처럼 밀려오는 마인들을 베어 넘기며 피를 토하듯 소리쳤다.

"모두 명을 들었을 터! 이대로 복수에 눈멀어 사숙들의 희생을 덧없이 만들 참이냐?"

그 목소리가 울려 퍼지고 얼마 지나지 않아 공동 문하들이 하나둘 이성을 되찾기 시작했다.

공동파 역사상 최초로 내려진 각자도생의 명령!

그동안 어떤 적을 맞이하더라도 사즉생의 각오로 싸우던 사문이 최초로 본산을 버리라는 명을 내렸다.

"으아아아아!"

도저히 믿기지 않는 현실.

공동 문하들은 비분에 떨면서도 하나둘 탈출을 모색했다.

그러나 각자도생을 꾀하더라도 한 가지 사명만은 잊지 않았다.

"사신애, 사신애 쪽으로 가야 한다는 걸 잊지 마라!"

사신애는 어린 제자들이 탈출하려는 탄쟁호 쪽과 정반대 방향이다.

공동 문하들은 사문의 미래를 위해 자신들이 미끼가 되어야 한다는 사실을 잊지 않았다.

"모두 살아서 다시 만나자!"

서로를 독려하며 사신애 쪽으로 몸을 날리는 그들.

하지만 섬뜩한 살기가 그들의 발목을 잡았다.

"크흐흐, 이놈들! 그렇게 꽁지 빠지게 달아나도 소용없다! 어차피 네놈들은 한 놈도 빠짐없이 죽게 될 테니까! 크하하하!"

온몸에 소름을 돋게 만드는 광소.

마인들의 추격이 시작되었다.

공동 문하들은 온몸에 피를 흘리며 쓰러져 갔다.

하지만 그들은 결코 희망을 버리지 않았다.

"사제들, 그동안 고마웠다. 선계(仙界)에서 다시 만나자!"

마인들의 추격이 가까워지면 어김없이 신형을 멈추고 뒤돌아서는 이들이 있었다.

그들은 자신의 목숨을 담보로 촌각의 시간을 벌어주려 애썼다. 비록 계란으로 바위 치기나 마찬가지였지만, 그들은 자기 대신 다른 이들이라도 탈출할 수 있게 최선을 다했다.

실로 눈물겨운 희생이었으나 마인들은 비정했다. 추호도 인정을 베풀지 않았다.

"클클클, 저 앞에서 얼쩡거리는 놈은 뭐야?"

"얼른 치워! 사냥하는 데 방해되니까!"

"흐흐, 먼저 간 형제들의 복수를 이렇게 하게 되는구나!"

아무리 일방적인 싸움이라도 눈먼 칼에 다치면 목숨이 위태로워진다. 그런데도 마인들은 술래잡기하는 듯 추격을 즐기고 있었다.

'아아······.'

마인들의 여유로운 태도를 보고 공동 문하들은 점점 희망이 사라지고 있다는 걸 느꼈다.

제66장

소탕

魔道
天下

콰앙! 쾅! 콰앙—!

멀리서 세 번의 폭음이 울렸다. 공동산 전체가 흔들릴 정도로 엄청난 폭음이었다.

살아남은 이들, 간신히 천선궁을 탈출해 서봉을 넘던 공동문하들은 시커멓게 피어오르는 연기를 보며 저마다 눈시울을 붉혔다.

방금 터진 폭음은 등 뒤까지 따라붙은 마인들을 뿌리치기 위해 이대제자 중 세 사람이 화탄을 껴안고 산화한 소리였다.

"뒤돌아보지 마라! 울지도 마라! 우리에겐 사명이 있다. 모두 마음을 진정시키고 앞만 보고 나아가라!"

현수 진인이 비통한 목소리로 고함을 질렀다.

이제 조금만 더 가면 사신애가 나온다.

거기까지만 가면 희망이 있다. 제자들 모두 일류급 이상의 무위를 지니고 있으니 놈들의 추격을 피해 절벽에서 뛰어내리면 반 이상 살아날 가능성이 높은 것이다.

그러나,

"후후, 과연 쥐새끼들답군. 도사 놈들이 화탄까지 터뜨리고 말이야."

어디선가 삭막한 비웃음이 들려왔다. 그리고,

"으악!"

"커헉!"

앞서 달리던 제자들이 비명을 지르며 쓰러졌다.

"이, 이럴 수가……!"

현수 진인은 심장이 덜컥 내려앉는 기분을 느꼈다.

구름 낀 언덕 아래.

사신애라 불리는 절벽 위에 낯선 그림자들이 포진해 있었다.

"놈들이… 놈들이 이미 기다리고 있었단 말인가?"

현수 진인은 너무 허탈해 신형을 비틀거렸다.

그런 그를 향해 유명마곡의 곡주인 마귀혈수 음구유와 지저음부동의 동주인 곡도 등확, 사망교의 교주인 저주혈광 마극타 등이 싸늘한 비웃음을 던졌다.

"클클. 이럴 줄 알았지."

"어서 오너라, 독 안에 든 쥐새끼들아."

이미 정사대전 때 이곳으로 도망친 공동파 무인들을 보고 땅을 쳤던 마인들이다. 그러니 한 번 속지 두 번 속을 리 없다.

"흐흐, 오늘로서 공동파의 맥을 끊어주마!"

"아아……."

현수 진인을 비롯한 공동 문하들은 절망에 찬 표정으로 포위망을 좁혀오는 마인들을 바라봤다.

*   *   *

"헥헥……."

"사백조님, 너무 힘들어요. 조금만 쉬었다 가면 안 돼요?"

정오 무렵.

찬바람이 부는 계곡에 앳된 목소리가 들렸다.

"안 된다. 지금은 극히 위험한 상황이라 하지 않더냐?"

근엄한 목소리로 앳된 목소리를 나무라는 사람, 그는 현암 진인이었다.

천선궁에서 구궁십승멸사진을 펼치기 직전, 장문인인 현광 진인의 부탁을 받고 공동파의 최후 보루가 될 어린 제자들을 피신시키고 있는 중이었다.

"하지만 사백조님, 전 이해가 안 돼요. 본 파의 주된 마음가짐은 도를 위해 목숨을 아끼지 않는 것이고, 본 파의 주된 가르침은 완전하게 공허하고 완전하게 고요한 치허극(致虛極), 수정독(守靜篤)이잖아요. 그런데 왜 우리가 도망쳐야 하는 거죠?"

어린 제자들 중 나이가 제일 많은 열두 살짜리 제자가 물었다.

현암 진인은 정곡을 찔린 듯 괴로운 표정을 짓다가 긴 한숨을 쉬며 말했다.

"림(林)아야, 광성자께서 '눈에 보이는 바가 없고 귀에 들리는 바가 없으며 마음에 아는 바가 없으면 네 정신이 몸을 지킬 것이다' 라고 하셨지 않느냐? 또 '사물은 무궁한 것인데 사람들은 끝이 있다고 생각하고, 사물은 헤아릴 수 없는 것인데 그 한도가 있다고 여긴다' 라고 하시며, '음양에도 깃들 곳이 있으니 네 몸을 소중히 여기면 만물은 스스로 강해질 것이다'*라고 가르치시지 않았느냐? 우리가 몸을 피하는 이유도 그와 같다. '다툼이 없으므로 잘못을 범하지 않는다'*라는 가르침을 되새겨 보도록 하여라."

"하지만 사백조님……."

"그만! 갈 길이 바쁘니 서두르도록 하자꾸나."

엄한 눈빛으로 제자의 입을 막은 현암 진인은 다시 걸음을

---

*광성자와 황제의 대화 중에서 발췌.
*노자 도덕경 상선약수(上善若水) 편에서 발췌. 부유부쟁고무우(夫唯不爭故無尤)

재촉했다.

좁고 가파른 계곡을 지나 한참을 걷자 어느 순간부터 삭풍에 마른 거목들이 나타났다.

봄부터 가을까지 푸른 이끼를 두르던 거목들이 추위로 인해 잿빛으로 보였다. 발목을 파고들던 낙엽도 추위에 얼었는지 바스락거리는 소리 대신 차갑고 눅눅한 느낌을 안겨주었다.

왠지 모를 음습한 느낌.

그런데도 현암 진인은 다소 안심한 표정을 지었다. 그리고 거목 군락 중간쯤 이르러 어딘가를 향해 휘파람을 불었다.

휘파람 소리가 메아리를 울릴 즈음 전방에서 한 사람이 나타났다. 미리 길을 열던 현암 진인의 제자였다.

"어떻더냐? 별 이상이 없더냐?"

"예. 아직까지는 아무 이상이 없습니다."

"다행이군. 용두파파(龍頭婆婆)께는 소식을 전했느냐?"

"예. 제자들을 데리고 마중 나오신다고 하셨습니다."

"그래, 그렇단 말이지……."

이제 완전히 안심한 듯 희미한 미소를 짓는 현암 진인.

지금 두 사람의 대화에서 거론된 용두파파는 탄쟁호(彈爭湖) 부근에 있는 왕해궁(王海宮)이란 문파의 궁주를 지칭하는 말이었다.

왕해궁은 수백 년 동안 도교와 밀교의 술법을 연구해 온

문파.

비록 공동파 소속은 아니었으나, 같은 도교의 한 갈래인데다 지리적으로 현암 진인이 맡고 있는 자소궁(紫宵宮)과 가까워 오랫동안 교분을 나누고 있었다. 때문에 왕해궁의 도움을 받으면 마인들에게 종적을 들키지 않고 탄쟁호를 건널 수 있기에 직계제자를 보내 도움을 요청한 것이다.

잠시 후, 현암 진인 등이 거목 군락을 빠져나와 황톳빛 일색인 구릉을 지날 때였다.

휘이잉!

갑자기 일진 바람이 불더니 허공에서 십여 명의 그림자가 나타났다.

"오! 궁주! 직접 와주셨구려!"

"흘흘, 도우의 사문에 변고가 생겼다는데 당연히 와야지요."

검은 도복 차림으로 현암 진인과 반가이 인사를 나누는 노파.

그녀의 목소리는 매우 기괴했다. 마치 성대가 막혀 억지로 쥐어짜 내는 듯한 목소리였다.

외모 또한 범상치 않았다.

닭 볏 같은 피부에 회색빛 동공. 더욱이 얼굴 반은 화상을 입은 듯 붉었고 나머지 반은 동상을 입은 듯 푸르죽죽했다. 그래선지 아이들이 겁먹은 표정으로 일제히 어깨를 움츠렸다.

그런 아이들을 보고 피식 웃던 노파는 뒤따라온 술법사들에게 눈짓을 해 보였다. 그리고는 현암 진인을 향해 말했다.

"결계를 펼칠 동안 호법을 부탁드립니다."

"알겠소. 태평, 태원, 태강, 사위를 경계해라!"

현암 진인이 명을 내리자 푸른 그림자 셋이 나타났다.

어린 제자들의 안전을 위해 현암 진인이 데려온 일대제자들이었다.

그들이 경계에 나서자 용두파파 일행이 일제히 가부좌를 틀고 주문을 외우기 시작했다.

"옥청원시천존(玉淸元始天尊), 상청영보천존(上淸靈寶天尊), 태청도덕천존(太淸道德天尊)의 성은을 입어 풍도북음대제(酆都北陰大帝) 휘하 권속이신 지선계(地仙界) 음부명왕, 천귀제군(天鬼帝君)께 가호를 청합니다. 옴니옴니 훔리 사바하. 옴 아모카 사다야 시베 사바하……."

음색과 고저장단을 알 수 없는 진언.

그 소리가 울려 퍼지자 용두파파 주위로 아지랑이 같은 안개가 나타났다.

안개는 시간이 갈수록 짙어지더니 서서히 현암 진인과 어린 제자들을 휘감기 시작했다.

"아!"

어린 제자들 사이에서 나직한 탄성이 흘러나왔다. 자신들을 에워싸는 안개를 구경하다가 무심코 고개를 돌리니 등 뒤로 거대한 호수가 나타난 때문이었다.

한겨울인데도 끝없이 넓고 푸른 호수.

바로 자신들이 건너야 할 탄쟁호였다.

아이들이 저 넓은 호수를 어찌 건너나 걱정하고 있을 때, 용두파파 일행이 요령을 흔들며 다시 주문을 외웠다. 그러자 호수에 하얀 서리가 맺히더니 곧 두꺼운 얼음이 얼기 시작했다.

그 광경을 본 아이들이 또 한 번 탄성을 터뜨릴 즈음, 용두파파 일행의 진언이 조금씩 빨라지기 시작했다. 그리고 '암급급여율령!'이란 말과 함께 수결을 맺자 도저히 믿을 수 없는 광경이 벌어졌다.

"와아!"

갑자기 하늘에서 폭설이 내리기 시작한 것이다.

폭설은 현암 진인 일행이 지나온 거목 군락과 황톳빛 구릉을 하얀색으로 뒤바꿔놓았다.

"이 정도면 한동안 놈들의 추적을 따돌릴 수 있을 겁니다."

순식간에 결계를 펼친 용두파파가 붉고 푸른 얼굴에 미소를 지어 보였다.

"고맙소. 이 은혜는 잊지 않으리다."

"원, 별말씀을. 크게 어려운 일도 아니었습니다."

그렇게 서로 인사를 나누며 헤어지려는 순간이었다.

"모두 주위를 이 잡듯이 뒤져라! 개미새끼 한 마리 빠져나가지 못하게 철저히 수색하란 말이다!"

멀리서 으스스한 호통이 들려왔다.

"헉! 놈들이 벌써……?"

현암 진인의 안색이 눈에 띄게 흐려졌다.

용두파파가 결계를 펼쳤는데도 저렇게 큰 목소리가 들린다는 건 보통 고수가 아닌 초고수가 추격에 나섰다는 뜻.

'그나마 놈들의 괴수인 전왕이자 도마, 환마라 불리는 놈이 아니어서 다행이다만……'

그렇게 위안해 보지만 현 상황에선 아무 의미가 없다.

초절정에 이른 고수들은 결계에 현혹되지 않는다. 기로 대기를 훑어 왜곡된 기운을 찾아낼 수 있기 때문이다.

"어떻게… 이왕 나선 김에 좀 더 힘을 써볼까요?"

용두파파가 현암 진인의 기색을 살피며 물었다.

현암 진인은 씁쓸히 웃으며 고개를 가로저었다.

"아니오. 이 정도만 해도 충분하오. 아직 놈들과 거리가 있으니 더 이상 무리하지 않으셔도 된다오."

"무리라니요?"

용두파파가 짐짓 눈을 치떴다.

"같은 도반(道伴)이 아닙니까? 어려운 일이 있으면 서로 돕는 게 당연하지요."

그러면서 품 안에서 호리병을 꺼낸 용두파파는 눈짓으로

아이들을 가리키며 말했다.

"아직 거리가 있다곤 하지만 어린 제자들이 많아서 상황이 어찌 될지 몰라요. 그러니 도우께선 제자들과 함께 먼저 떠나세요. 제가 저들의 이목을 돌려보겠습니다."

"아니, 궁주? 그러실 필요까지는……."

현암 진인이 뭐라고 만류하기도 전에 용두파파는 훌쩍 몸을 날려 결계 너머로 사라졌다. 곧이어 그녀의 제자들도 결계 너머로 사라졌다.

"이런……."

현암 진인은 당황한 표정으로 용두파파의 뒷모습을 바라봤다. 어린 제자들 역시 용두파파 일행을 보고 발을 동동 굴렸다. 아까 그녀의 외모를 보고 선입관을 가진 것에 대한 미안함과 원인을 알 수 없는 불안함을 느낀 때문이었다.

그런데 그때,

콰앙! 쾅! 콰앙―!

멀리서 고막을 흔드는 폭음이 들려왔다.

그 소리에 흠칫 고개를 돌리는 현암 진인.

'아……!'

폭음이 들려온 쪽은 사신애 방향이었다.

'저곳에서 폭음이 울렸다는 건…….'

현암 진인의 안색이 파리하게 굳어갔다. 어린 제자들이 있어 차마 내색은 못했지만 천선궁과 황성 쪽에도 시커먼 연기가 치솟고 있었다.

그렇다면 이미 구궁십승멸사진이 궤멸되고 본산이 무너졌다는 뜻.

'장문 사형……'

현암 진인은 자기를 떠나보내던 현광 진인을 떠올리며 잠시 눈시울을 붉혔다. 그러다가 처연한 표정으로 천선궁 쪽을 바라보고 제자들과 의아한 표정으로 폭음이 들려온 쪽을 쳐다보고 있는 어린 제자들을 보고 억지로 이를 악물었다.

'내가 이러고 있을 때가 아니다! 이미 본산이 무너졌으니 이 아이들만은 반드시 살려야 한다!'

현암 진인은 굳은 각오로 어린 제자들을 불러 모았다. 그리고 그들 중 나이가 제일 많은 열두 살짜리 제자와 눈높이를 맞추며 말했다.

"림아야, 소림사로 가서 어떻게 행동해야 하는지 잘 기억하고 있겠지?"

"예."

"그래, 본 파의 위명에 누가 되지 않도록 조심하고 매사에 겸손하되 결코 공동 문하라는 당당함을 잊지 않도록 해라."

"…예."

이번에는 나머지 아이들을 보며 말했다.

"너희들은 림아를 어떻게 대해야 한다고?"

아이들이 한목소리로 대답했다.

"장문인 대하듯이요!"

"그래, 잘 기억하고 있구나. 그럼 가지고 있는 비급들을 다시 한 번 살펴보도록 해라."

"예."

그러고 보니 아이들 모두 가슴이 불룩했다. 본산이 무너질 걸 대비해 비전절학이 수록된 비급들을 가져온 것이었다.

"특히 유지(油紙)로 감싼 부분을 잘 살펴보아야 한다. 혹시라도 틈이 벌어져 물에 젖으면 조사님들께서 용서치 않을 것이야."

그렇게 으름장을 놓으니 아이들이 비급을 살피느라 부산을 떨었다.

그때 림아라 불린 제자가 다가와 불안한 기색으로 물었다.

"사백조님은… 함께 안 가세요?"

그 말이 떨어지는 순간 아이들의 눈빛이 일제히 현암 진인을 향했다. 아이들 뒤에 있던 일대제자 세 사람도 마찬가지였다.

"음… 그게 말이다……."

현암 진인은 잠시 어색한 미소를 짓다가 마지못해 대답했다.

"너희들 먼저 출발하거라. 나는 곧 뒤따라가도록 하마."

"사부……?"

일대제자들이 놀란 표정을 지었다. 다들 만류하는 듯한 눈치였다.

"어허! 너희들까지 왜 이러느냐? 걱정 말고 이 녀석들을 잘 챙기도록 해라. 나는 왕해궁주께서 무사히 떠나시는 걸 보고 뒤따르도록 하마."

그렇게 제자들을 모두 떠나보낸 현암 진인은 용두파파가 사라진 결계 쪽으로 신형을 솟구쳤다.

*   *   *

"젠장! 멀쩡하던 하늘에서 왜 눈이 내리고 지랄이야?"

무풍수라는 신경질적으로 하늘을 쳐다봤다.

조금 전부터 내리기 시작한 폭설 때문에 수색이 늦어지고 있었다.

'이러다간 흔적을 놓쳐 버리겠군.'

잔뜩 인상을 찌푸리며 눈 쌓인 거목 군락을 바라보는 무풍수라.

그의 안색에 짜증이 묻어나자 주위를 수색하던 마인들, 특히 무풍수라가 세운 환영문 소속 마인들이 바짝 긴장했다.

그때 누군가가 멀리 팔선대 쪽을 가리키며 소리쳤다.

"태상문주님, 이상합니다. 저쪽에는 전혀 눈이 내리지 않고 있는데 우리 쪽에만 눈이 내리고 있습니다."

"뭐라고?"

무풍수라의 시선이 휙 돌아갔다.

과연 팔선대 쪽엔 눈은커녕 먹구름도 보이지 않았다.

"그렇다면······?"

눈꼬리를 늘이며 주위를 세심히 살펴보는 무풍수라.

사실 무풍수라쯤 되는 거물은 직접 수색에 나서지 않아도 상관없었다.

이미 공동파를 궤멸시키는 것이 복수행의 첫걸음이라는 사실을 명확하게 인지하고 있었기에 다들 공동파의 핵심 요인들을 낱낱이 파악해 놓고 있었다.

또한 주 공격로와 침투로, 차단로와 수색로 등을 설정해 놓았기에 공동파의 정전인 천선궁이 무너지자마자 전광석화처럼 천라지망을 펼쳤다.

그럼에도 불구하고 무풍수라가 직접 수색에 참여한 이유는 공동파 무인들, 특히 자소궁 출신 무인들에게 깊은 원한을 갖고 있었기 때문이다.

과거 음풍마제의 주도하에 천금마옥을 집단 탈출하려 할 때 그의 무릎을 베어버린 사람이 바로 자소궁 출신이었던 것이다.

그때 입은 상처로 양 무릎이 잘렸고, 그로 인해 유령환환신법을 발이 아닌 손으로 펼치는 신세가 되고 말았으니 무풍수라는 자다가도 공동파라면 이를 바득바득 갈았다.

특히 자소궁 소속 무인이라면 사지를 발기발기 찢어버리

고 싶은 심정이었다.

그런데 공동파 핵심 인물 중 한 사람인 현암 진인이 사라졌다는 소식을 듣고, 특히 그가 자소궁 궁주라는 소식을 듣고 눈에 불을 켜며 이곳까지 달려온 것이었다.

"호! 이것 봐라? 과연 누군가가 이 계곡에 수작을 부려놨군."

마안섭혼공으로 주위의 기운을 살핀 무풍수라가 싸늘한 눈빛으로 입술을 말아 올렸다.

"그런데 문제가 있군."

진법이라면 축이 되는 곳을 부숴 버리면 그만인데 자연현상을 이용한 결계니 파훼하기가 쉽지 않았다.

'이를 어쩐다?'

계곡을 우회해서 돌아가자니 시간이 너무 걸릴 것 같고, 그렇다고 시술자를 찾아 죽이자니 종적을 찾을 길이 없다.

"할 수 없군. 얘들아! 저 계곡을 무너뜨려서 길을 내야겠다!"

"예에?"

무풍수라의 명령에 마인들이 황당하다는 듯 눈을 휘둥그레 떴다. 그러나 어느 누구도 토를 다는 사람은 없었다.

퍼퍼펑!

콰콰쾅!

그때부터 막무가내로 계곡을 향해 장력을 내뿜는 마인들.

쌓인 눈이 폭포수처럼 쏟아지고 암벽들이 산산이 부서졌다.

그러나 눈사태에 깔려 질식하거나 호흡 곤란을 겪는 사람은 아무도 없었다. 실제가 아닌 환상이 만든 눈사태였기 때문이다.

그렇게 전력을 다해 장력을 뿜어내느라 입에 단내가 나고 진기가 고갈되어 모두 이대로 쓰러지고 싶다는 생각이 들 즈음,

우르릉, 쾅—!

갑자기 하늘에서 뇌성벽력이 휘몰아쳤다.

순간 무풍수라의 눈에 오싹한 살기가 번뜩였다.

"역시 장독을 깨뜨리니 쥐새끼가 기어나오는군!"

그 말이 끝나기가 무섭게 유령처럼 거목 군락 쪽으로 날아가는 무풍수라.

그의 신형이 가장 높은 거목 꼭대기에 다다르는 순간,

"흥! 어디서 더러운 면상을 들이미는 것이냐?"

갑자기 냉랭한 콧소리가 들리더니 무풍수라 머리 위로 푸른 번개가 번쩍였다.

"이런?"

짜자자자작!

"끄아아악!"

애절한 비명과 함께 무풍수라의 전신이 새까맣게 타버렸다.

"끄으! 환상이 아닌 진짜 번개였다니……."

낭패한 표정으로 나뭇가지를 잡고 부르르 떠는 무풍수라.

그의 푸념처럼 번개는 환상이 아니었다. 무슨 조화인지 몰라도 진짜 번개가 작렬했다.

다행히 무풍수라의 공력이 어마어마했기에 망정이지 그렇지 않았다면 온몸이 통구이로 변해 버렸으리라.

"호! 보기보다 맷집이 좋군."

온몸을 그을려 망연자실한 표정을 짓고 있는 무풍수라 앞에 누군가가 나타났다. 얼굴 반이 붉고 반이 푸른 용두파파였다.

"네년은 누구냐?"

"흥! 인상도 더럽고 말버릇도 고약한 마두가 눈빛까지 흉악하군."

살기 띤 눈으로 노려보는 무풍수라의 눈빛에 용두파파가 인상을 찌푸리며 뒤로 물러났다. 분홍빛 기류가 일렁이는 무풍수라의 눈을 대하자 아찔한 현기증이 엄습한 때문이었다.

용두파파가 뒤로 물러나자 무풍수라는 급히 진기를 일주천했다. 번개에 맞은 충격을 털어내기 위해서였다.

그런데 갑자기 음색과 고저장단을 알 수 없는 기이한 주문이 들려왔다. 연이어 용두파파가 품 안에서 호리병을 꺼내 입술을 깨물고 피를 내뿜자 놀라운 일이 벌어졌다.

우우우우웅……!

갑자기 호리병 입구에서 강한 흡입력이 생성된 것이다.

그 흡입력은 무서운 기세로 주위의 사물을 빨아들였다.

무풍수라가 붙잡고 있던 거목은 물론이고 계곡 끝자락을 빽빽이 메우고 있던 다른 거목들까지 마구 빨아들이기 시작했다.

"저, 저럴 수가?"

정작 놀랄 일은 그다음부터였다.

주위의 거목을 모두 빨아들인 호리병이 차츰 범위를 넓혀 무풍수라를 비롯한 마인들을 빨아들이기 시작한 것이다.

"어어어?"

"이게 무슨 일이야?"

의외의 사태에 놀라 안간힘을 쓰며 버티는 마인들.

그러나 주문 소리가 차츰 높아지자 태풍에 휘말린 가랑잎처럼 하나둘 호리병 안으로 빨려 들어갔다.

"으아아……!"

애절한 비명을 지르며 호리병 속으로 사라지는 수하들.

무풍수라는 멍한 표정으로 자기 뺨을 꼬집어봤다.

'아얏!'

꿈이 아니었다.

하긴 이게 꿈이라면 자기 역시 핏줄을 곤두세우며 호리병 안으로 끌려들어 가지 않기 위해 발버둥 칠 까닭이 없었으니.

'이건 말도 안 돼…….'

무풍수라는 망연자실한 표정으로 용두파파, 보다 정확하게는 수하들을 빨아들이고 있는 호리병을 쳐다봤다. 아득한 옛날 조그만 항아리로 시주를 받다가 결국 그 항아리 안으로 사라졌다는 여동빈(呂洞賓)의 고사가 생각났다.

옛이야기 속에서는 지나가던 화상의 질투 아닌 질투에 여동빈이 그를 놀려주기 위해 장난으로 자기가 놓아둔 항아리 속으로 뛰어들었지만, 지금은 여동빈이 아닌 수하들이 항아리보다 더 작은 호리병 속으로 사라지고 있었다. 더욱이 수하들이 스스로 뛰어든 것도 아니니 등골이 오싹했다.

그나마 무풍수라는 공력이 노화순청(爐火純靑)에 이르러 간신히 흡입력에 대항할 수 있었으나 그의 몰골은 시간이 갈수록 엉망진창이 되어갔다.

흡사 넝마처럼 뜯겨 나가 중요 부위만 겨우 가리고 있는 속옷과 밀가루 반죽처럼 늘어나 바람에 펄럭이는 볼살, 그리고 호리병 쪽으로 정신없이 빨려 들어가려는 머리카락.

더욱이 흡입력에 대항하느라 땅속을 파고든 허벅지가 밭갈이하듯 용두파파 쪽으로 질질 끌려가고 있었다.

이렇게 계속 끌려가다간 하반신이 피투성이로 변해 과다 출혈로 죽거나 진기가 고갈되어 상대의 처분에 목숨을 내맡겨야 하는 상황이 되고 만다.

"이이익!"

쐐쐐쐐액!

궁여지책으로 무풍수라는 열 줄기 지풍을 날렸다. 철판도 뚫을 수 있을 만큼 강한 지풍이었으나 현 상황에서는 아무 소용이 없었다. 너무 무지막지한 흡입력이라 지풍이 중간에서 흔적도 없이 사라져 버렸으니.

"으드득! 네년은 누구냐? 혹시 흑마련의 주구라는 천궁파 도사 나부랭이냐?"

무풍수라는 당황한 표정으로 소리쳤다. 얼마 전 묵자후에게 천궁파 도사들에 관한 이야기를 지나가듯 들은 바가 있기에 발작적으로 소리친 것이었다.

"흥! 천궁파 도사라니, 그게 무슨 뚱딴지같은 소리냐? 나는 태원성녀(太元聖女)*를 모시는 왕해궁파의 오십육대 장문인 용두선녀다!"

"뭐? 용두선녀? 흐흐, 이 생기다 만 메주덩이 같은 년이 지금 장난치자는 것이냐? 아무튼 좋다. 네년이 왕해궁파의 장문인이든 왕메주파의 부엌데기든 얼른 술법을 멈추고 내 수하들을 원래대로 돌려놔라! 그렇지 않으면 네년을 죽지도 살지도 못하게 발가벗겨 저 나뭇가지에 매달아 버릴 것이다!"

"뭐라고? 이 뱀같이 생긴 곰보가 감히 뉘더러……?"

무풍수라의 독설에 용두파파는 화가 머리끝까지 치밀었다.

---

* 태원성녀(太元聖女):신성한 여인. 세상을 창조했다는 반고(盤古)의 아내.

"오냐! 네놈이 아직 살 만한 모양인데, 어디 두고 보자! 이 호리병 안에 갇히면 그때 무슨 말을 할는지……."

그 말과 함께 용두파파가 쌍심지를 켜며 재차 주문을 외우려 할 때였다.

"이 메주덩이야! 닥치고 목이나 내놔라!"

갑자기 무풍수라가 벼락처럼 신형을 날렸다. 흡입력에 대항하던 힘을 순간적으로 풀어 급습을 가한 것이었다.

실로 전광석화 같은 기습이었으나 용두파파는 오히려 싸늘한 비웃음만 흘렸다.

"홋. 이미 그럴 줄 알고 있었다, 뱀 같은 놈!"

그 말과 함께 용두파파가 호리병을 흔들자 또 한 번 이변이 벌어졌다.

"어이쿠!"

"으갸갸갸!"

"사람 살려!"

느닷없는 비명과 함께 호리병 안으로 사라졌던 마인들이 일제히 밖으로 튕겨 나온 것이다.

"으악! 저, 저리 비켜, 이놈들아—!"

무풍수라가 눈을 휘둥그레 뜨며 고함을 질렀지만 아무 소용 없었다.

마치 폭포수처럼 튀어나오는 수하들.

그것도 무서운 속도로 한꺼번에 튀어나오니 모든 공력을

끌어올려 용두파파를 급습하던 무풍수라로서는 인의 장막처
럼 날아오는 수하들을 피하려야 피할 방법이 없었다.

"어이쿠!"

그 결과 코가 깨지고 입술이 터진 상태로 볼썽사납게 바닥
을 구르는 무풍수라.

"호호호! 큰소리치더니 꼴좋구나. 이제 본 파의 법술이 어
느 정돈지 알겠느냐?"

낭패한 표정으로 바닥을 구르는 무풍수라를 보고 용두파
파는 통쾌하다는 듯 폭소를 터뜨렸다. 그리고는 어딘가를 향
해 눈짓을 보내자 예의 그 진언이 다시 울려 퍼졌다.

"옴 도로도로 이베 사바하. 옴남옴남 훔리 사바하……."

"으으…… 안 돼!"

이제 무풍수라의 입에서도 앓는 소리가 새어 나왔다.

방금 수하들에게 상처를 입히지 않으려고 너무 많은 기력
을 소모하는 바람에 더 이상 버틸 힘이 없었기 때문이다.

그러나 용두파파가 수결을 맺자 이전보다 더 강한 흡입력
이 형성돼 사방을 휩쓸었다. 그로 인해 무풍수라는 수하들과
뒤엉켜 차츰 호리병 쪽으로 끌려가기 시작했다.

"크르르……."

맞은편 계곡에서 그 광경을 지켜보고 있는 사람이 있었다.

낮은 괴성을 울리며 등 뒤를 향해 재촉의 눈길을 보내는

사내.

그는 거령신처럼 엄청난 덩치를 갖고 있었다. 또한 덩치만
큼 큰 도끼를 들고 있었고, 너무 낡아 금방이라도 삭아 내릴
것 같은 가사(袈裟)를 입고 있었다.

그의 시선이 향한 곳. 그곳엔 손바닥만 한 지네가 꼬물거리
고 있었다.

까만 윤기가 좔좔 흐르는 지네.

간간이 시퍼런 눈알을 굴리는 그놈은 옛이야기에 나올 법
한 천년오공이었으나 지금은 작고 가녀린 손에 붙잡혀 몸을
웅크렸다 폈다 하며 잔재주나 부리고 있었다.

그런 천년오공을 만지작거리며 헤실헤실 웃는 소녀.

그녀는 까무잡잡한 피부에 흑백 뚜렷한 눈망울을 지니고
있었다.

또한 그녀 어깨 위에는 금빛 털의 원숭이가 캭캭거리며 손
장난을 치고 있었다. 그러다가 십 척 거한의 눈길을 받은 원
숭이는 겁먹은 표정으로 소녀의 어깨를 톡톡 쳤다.

그제야 정신을 차린 소녀 흑오는 자신을 향해 연이어 재촉
의 눈길을 보내는 광마를 보고 깜빡했다는 듯 계곡 아래를 쳐
다봤다.

"어라? 곰보 할아버지, 술 마셔?"

아직 강호의 싸움에 익숙지 않은 흑오는 용두파파의 술법
에 의해 호리병 쪽으로 끌려가는 무풍수라를 보고 술 마시러

가는 것으로 착각했다. 종종 무풍수라가 호리병으로 술을 마시는 걸 본 적이 있기 때문이었다.

"이궁. 아냐. 발 없는 곰보, 지금 위험해. 내가 가서 구해주면 안 될까, 누나?"

천진난만한 흑오의 말에 답답하다는 듯 태양부를 흔들어 보이는 광마.

그러나 흑오는 어림도 없다는 듯 고개를 가로저었다.

"곰보 할아버지 안 위험해. 호리병, 꿀꺽꿀꺽, 술 좋아해."

그러면서 다시 천년오공과 손장난을 치기 시작하는 흑오.

"아이고, 누나. 술 마시러 가는 게 아니라니까! 잘 봐봐. 지금 발 없는 곰보 밑에 있는 아이들, 모두 콩알로 변해 호리병 속으로 빨려 들어가잖아. 그러니까 저건 술법이야. 곰보도 술법에 휘말려 그쪽으로 끌려가고 있어."

"술법……?"

흑오의 어깨가 순간적으로 움찔했다. 자라 보고 놀란 가슴 솥뚜껑 보고 놀란다고, 예전에 사악도인에게 잡혀 있던 시절이 떠올랐기 때문이다.

"쳇! 술법 따위 별거 아냐. 내가 가서 부숴 버릴게. 그러니까 나가서 싸우게 해줘. 응?"

광마가 금방이라도 뛰쳐나갈 듯 엉덩이를 들썩였으나 흑오는 여전히 고개를 가로저었다.

"안 돼. 들키면 쫓겨나. 여우 있는 곳으로 쫓겨나."

"끙. 안 들키면 되잖아. 지존께서 오시기 전에 처리할게. 발 없는 곰보, 저러다가 술병에 빠지면 어떡해?"

"잉. 후아가 따라오지 말라고 했는데…… 후아 화나면 무서운데……."

그러면서 곤혹스런 표정으로 콧등을 찡그리는 흑오.

그사이, 대부분의 마인들이 호리병 안으로 빨려 들어가고, 무풍수라 역시 전신이 쪼그라들어 괴로운 표정을 짓고 있었다.

"들키면 여우한테 가야 하는데, 그건 정말 싫은데……."

결국 흑오는 마지못해 고개를 끄덕일 수밖에 없었다. 광마 말마따나 무풍수라가 위험해 보인 때문이었다.

"크카카. 고마워, 누나. 내가 가서 저 할망구를 혼내고 곰보를 구해올게."

흑오의 허락이 떨어지자 신이 나서 계곡 아래로 달려가는 광마.

"으하하하! 손을 멈춰라, 요괴!"

"캇! 저 바보가? 그렇게 소리치면 후아에게 들키잖아!"

계곡을 울리는 광마의 호통 소리에 흑오는 발을 동동 구르며 울상을 지었다.

그런데 지금쯤 한참 청해로 가고 있어야 할 두 사람이 왜 이곳에 나타난 것일까?

해답은 간단했다.

청해로 가지 않았기 때문이다.

감숙성에서 희사 등과 함께 청해로 떠나라는 묵자후의 말을 듣고 홀로 속상해하던 흑오.

마찬가지로 청해로 가기 싫은 광마의 꼬임에 넘어가 무풍수라의 제자인 능풍염라와 흡혈시마의 조카인 무음흡혈을 몰래 불러냈다. 그리고 천년오공과 추혼백팔강시를 동원해 약간의 으름장을 놓아 두 사람을 대신 청해로 떠나보낸 뒤 묵자후의 뒤를 밟았다.

물론 두 사람은 묵자후에게 들킬까 봐 가슴을 졸이며 멀찍이 따라왔다. 그러다 보니 이제야 공동산에 도착했고, 묵자후를 피해 이곳 월석협에 숨은 것이다.

그런데 광마가 저렇게 큰 소리를 내며 용두파파와 드잡이를 벌이려 하니 흑오로서는 걱정이 될 수밖에 없었다.

이러다가 묵자후에게 들켜 희사가 있는 청해로 쫓겨날까 봐 두려웠던 것이다.

하지만 과연 큰 소리를 내지 않고 조용히 숨어 있으면 묵자후의 이목을 피할 수 있을까?

벌써부터 까마귀와 독수리들이 어미 새를 쫓듯 까악, 깍 하며 머리 위로 하나둘 모여들고 있는데…….

*　　　　*　　　　*

묵자후는 천천히 장내를 둘러봤다.

아직도 시뻘건 불길에 휩싸여 검은 연기를 내뿜는 도관들.

무너진 담장 사이로 꺾인 나뭇가지와 부러진 병장기들이 보였다. 바닥엔 파인 자국과 고인 핏물이 보였으나 어찌 된 일인지 시체는 한 구도 보이지 않았다.

"예상보다 정리가 빨리 끝났군."

혼잣말을 중얼거리며 묵자후는 불타는 천선궁을 바라봤다.

만감이 교차했다. 이제야 모친인 금초초와 소혼파와 두낭랑의 복수를 한 것 같아 조금 후련한 기분이 들었다. 그러나 왠지 실감이 나지 않기도 했다. 이제 겨우 복수행의 첫발을 디딘 것이나 다름없으니.

그때 수하 하나가 다가와 허리를 꺾으며 보고했다.

"지존께 아룁니다. 각 도관에 있던 놈들은 모두 소탕했습니다. 지금은 운 좋게 포위망을 빠져나간 극소수 잔당을 쫓고 있습니다."

묵자후는 시선을 돌려 고개를 끄덕였다.

"수고했다. 뒤처리가 모두 끝나면 우리 쪽 피해 상황을 파악하도록."

"존명!"

대답과 함께 물러나는 수하. 그의 상반신이 피로 목욕한 듯 붉게 젖어 있었다. 아마 혈전 중에 부상을 입은 모양이었다.

그 외에도 많은 수하들이 죽거나 부상을 당했다.

그나마 묵자후를 비롯한 극강의 고수들이 선봉에 섰기에 망정이지 그렇지 않았다면 지금보다 더한 피해를 입었으리라.

'구대문파라……. 과연 쉽지 않군.'

생각해 보니 기련산에서 싸울 때보다 더 힘들었다는 느낌이 들었다.

당시에는 구대문파 차원에서 움직인 것이라 해도 드넓은 기련산을 무대로 제각각 추격해 왔기에 오히려 상대하기 쉬웠다. 그런데 이번에는 그들의 본거지라 그런지 목숨을 도외시하고 악착같이 덤벼왔다. 그 바람에 자신은 물론이고 많은 수하들이 죽거나 부상을 당했다.

'이런 게 정통의 힘이란 말이지?'

묵자후는 다시 한 번 주위를 둘러봤다.

불타는 공동파.

그들의 유구한 역사와 사문에 대한 정리(情理)…….

'결국 구대문파나 영웅성을 상대하기 위해선 좀 더 강하고 안정적인 전법이 필요하겠군. 그렇지 않으면 이겨도 남는 게 없겠어.'

그렇게 결론을 내리며 자리를 떠나려는데 저 건너편에 음풍마제가 보였다.

"할아버지, 몸은 좀 어떠세요? 어디 아프신 곳은 없으세요?"

묵자후가 다가가 웃으며 묻자 복잡한 표정으로 천성궁을 바라보고 있던 음풍마제가 인상을 펴며 짐짓 호통을 지른다.

"예끼 이놈. 벌써부터 날 산송장 취급하는 게냐?"

그러면서 허허 웃더니 다시 시선을 천성궁 쪽으로 향한다.

회한과 아쉬움이 가득한 눈길.

그런 눈빛과 비슷한 음색으로 음풍마제가 말했다.

"후아야, 나는 말이다, 놈들이 좀 더 강하게 나오길 바랐다. 내 마음속에 쌓인 응어리를 마음껏 터뜨릴 수 있게. 그런데 빌어먹을!"

씁쓸하게 웃으며 음풍마제가 고개를 돌렸다.

"놈들이 겨우 이것밖에 되지 않을 줄은 미처 예상치 못했다. 예전처럼 피 튀는 혈전이 될 줄 알았는데 너무 쉽게 무너져 버렸단 말이다. 나는 아직 손맛도 제대로 보지 못했는데……."

"할아버지……."

묵자후는 뭐라고 뒷말을 덧붙이려다가 입을 다물고 말았다.

왠지 음풍마제의 심정을 이해할 수 있을 것 같아서였다.

지금 음풍마제를 비롯한 철마성 출신 마인들은 좀 더 잔인하고 통쾌한 복수를 원하고 있을 것이다. 과거 자신들이 당한 그 이상으로 되돌려주고픈 욕구가 가득한 것이다.

그런데 세월이 무상하여 과거의 적은 대부분 죽거나 노쇠해져 버린 상태. 또한 그런 적을 상대로 살수를 펼쳐 봤자 잃어버린 과거는 결코 되돌아오지 않는다. 그러니 말할 수 없는 회한에 사로잡혀 탄식을 흘리고 있는 것이다.

"이런, 내가 괜한 주책을 떨었구나. 근 이십 년 만에 나서는 복수행인데, 더욱이 구대문파의 하나를 쓰러뜨린 날인데 분위기 파악도 못하고 이런 푸념이나 늘어놓다니. 허허허."

그러면서 먼 하늘을 바라보는 음풍마제.

그의 노안에 희미한 습기가 맺혔다. 아마 과거를 추억하며 옛 동료들을 떠올리고 있는 것이리라.

'……!'

그러던 어느 순간, 음풍마제의 눈에 이채가 어렸다.

묵자후 역시 마찬가지였다.

'저 기운은……?'

두 사람은 약속이나 한 듯 서로를 봤다. 그리고 이내 신형을 날려 까마득한 허공으로 사라졌다.

제67장

정리

魔道

天下

"으으, 이 괴물 같은 놈……."

용두파파는 치를 떨며 비틀비틀 뒤로 물러났다.

.도저히 믿을 수 없는 일이 벌어졌다. 방금 전까지만 해도 마졸들을 장난감처럼 다룬 자신인데 왜 저 덩치에겐 술법이 통하지 않는단 말인가?

"크크크, 이 정도로는 간에 기별도 안 가. 좀 더 화끈한 기술을 선보여 봐!"

마치 약 올리듯 거대한 도끼를 빙빙 돌리는 십 척 거한.

용두파파는 원독에 찬 눈길로 그를 노려봤다.

지금 용두파파 주위엔 재로 변한 부적과 검붉은 핏물이 홍

건했다. 핏물 위에는 도사 복장을 한 열 명이 쓰러져 있었다.

모두 용두파파를 따라온 왕해궁의 술법사들이었다.

용두파파는 그들의 주검을 보며 한 서린 목소리를 토했다.

"잔인하고 포악한 놈. 저 아이들이 무슨 죄가 있다고."

그러자 광마가 히죽 웃으며 그 말을 되받아쳤다.

"그럼 이놈은 무슨 죄가 있다고 이 꼴로 만들어놨어?"

그러면서 턱짓으로 무풍수라를 가리키자 자존심 상한 무
풍수라가 벌컥 화를 냈다.

"내 꼴이 어디가 어때서? 이 돼지 같은 놈이 제멋대로 끼어
들어 놓고 생색을 내다니! 네놈이 안 도와줬어도 저깟 메주덩
이쯤은 나 혼자 요리할 수 있었어!"

"그래? 그럼 어디 다시 한 번 싸워봐."

"뭐라고?"

무풍수라가 화들짝 놀라거나 말거나 그의 목덜미를 잡고
용두파파 쪽으로 휙 집어 던져 버리는 광마.

"으악—! 이 미친놈이?"

무풍수라가 기겁성을 토하며 파닥파닥 홰를 쳤다.

반면 용두파파는 이를 빠드득 갈았다.

"으으으! 이 마두 놈들이 감히 날 놀려?"

치솟는 분노로 파르르 눈꼬리를 떨던 용두파파는 엉겁결
에 장력을 날아오는 무풍수라를 피해 훌쩍 뒤로 물러났다. 그
와 동시에 시신들을 향해 부적을 날리며 소리쳤다.

"천지조화무궁불식(天地造化無窮不息)! 천귀제군이시여, 유계(幽界)의 문을 열어주소서! 암급급여율령!"

악에 받친 목소리로 주문을 외우는 순간 가슴 철렁한 일이 벌어졌다.

"끄끄끄……."

이미 죽어 시신이 된 술법사들이 기이한 신음을 흘리며 다시 몸을 일으키기 시작한 것이었다.

"으악! 강시술까지 익힌 할망구였잖아?"

무풍수라는 간이 튀어나올 정도로 놀라 급히 신형을 멈춰 세웠다. 그러나 되살아난 시신들은 그에 아랑곳하지 않았다. 마치 그림자처럼 무풍수라를 뒤쫓으며 마구 공격을 퍼붓기 시작했다.

그들의 합공은 장난이 아니었다. 처음엔 느릿느릿 움직였으나 시간이 갈수록 빨라져, 언제부턴가 눈으로 쫓을 수 없는 빠르기로 전후좌우를 공격해 왔다. 그로 인해 손발이 바빠진 무풍수라.

하지만 그게 끝이 아니었다.

이제껏 술법만 펼치던 용두파파가 훌쩍 몸을 날려 무풍수라의 배후를 공격하기 시작했다.

쉬이익!

얼굴 반이 붉고 나머지 반이 푸른 용두파파의 얼굴은 언젠가부터 먹물을 칠한 듯 새까맣게 변해 있었다.

또한 그녀의 입에선 끊임없이 화염이 분출되었고 채찍처럼 늘어난 팔이 시퍼런 강기를 뿌리며 무풍수라의 전신을 난도질했다.

괴이하게도 그들의 공격은 모두 허상 같으면서도 실제였다.

무풍수라가 반격하면 허상을 공격한 것처럼 무위로 돌아갔으나, 그들이 공격하면 실제로 변해 무풍수라의 수염을 베거나 옷과 머리카락을 마구 태워 버렸다. 알고 보니 술법이 가미된 공격이었다.

"아이고, 이것들이 왜 나만 쫓아다녀?"

결국 견디다 못한 무풍수라가 앓는 소리를 냈다.

"이놈아! 네놈은 경로사상도 없냐? 형님을 이 모양 이 꼴로 만드니까 기분이 좋아?"

"쳇. 자신있달 땐 언제고 이제 와서 형님 타령이라니."

광마는 불만스러운 듯 뺨을 씰룩였으나 어느새 무풍수라 곁으로 다가가 무서운 기세로 태양부를 휘둘렀다.

그의 도끼질 몇 번에 강시처럼 날뛰던 열 구의 시신이 수수깡처럼 쪼개졌고, 술법을 이용해 기세를 올리던 용두파파 역시 피를 울컥 토하며 뒤로 물러났다.

"쳇. 별것도 아니구만 엄살은……. 아무튼 또 다른 재주가 있다면 한꺼번에 꺼내보시지, 못생긴 요괴!"

보란 듯이 태양부를 까닥이며 두 사람 모두에게 염장을 지르는 광마.

"으으, 저 싸가지없는 놈이……."

"으드득! 저 멧돼지 같은 놈이……."

무풍수라는 약이 올라 귓구멍으로 연기를 내뿜었고, 용두파파는 이를 갈며 광마를 씹어 먹을 듯 노려봤다.

그러나 두 사람 모두 인정하는 사실.

광마를 상대로 싸워봤자 아무 소용이 없다는 것이었다.

그런 심정은 특히 용두파파가 더했다.

그가 등장하자마자 술법이 깨지고 제자들이 몰살당했으며 자신마저 심각한 내상을 입고 말았으니 더 이상 싸울 엄두가 나지 않았다.

'다행히 어느 정도 놈들의 발목을 잡아놨으니 안심이다. 이제 현암 도우 일행은 탄쟁호를 반 이상 건너고 있을 터. 훗날을 대비해 이쯤에서 물러나는 게 현명하리라.'

비록 제자들을 잃어 원한이 골수에 사무쳤으나 상대가 상대이니만큼 이 정도 피해는 감수할 수밖에 없다.

'문제는 어떻게 빠져나가느냐 하는 것인데……'

용두파파는 광마의 눈치를 살피며 은밀히 주문을 외웠다.

제천대성이라 불리는 손오공처럼 머리카락으로 허상을 만들어 장내를 빠져나갈 계획이었다.

하지만 부처님 손바닥 안의 손오공 심정이 이러할까.

'으으……'

자신이 한 걸음 물러나면 두 걸음 다가오고, 두 걸음 물러나면 네 걸음 다가오는 광마.

도저히 따돌릴 방법이 없었다.

결국 용두파파는 걸음을 멈추고 독살스런 눈으로 광마를 노려봤다.

"더 이상 다가오면……."

아랫입술을 깨물며 용두파파는 호리병을 흔들어 보였다.

무풍수라 휘하의 마인들을 흡수한 바로 그 호리병이었다.

"이걸 깨뜨려 버리겠다!"

용두파파 딴엔 최후의 수단으로 내뱉은 말이었으나 광마의 표정은 심드렁하기 그지없었다.

"쳇. 그깟 호리병이 뭐라고. 깨뜨리든 말든 마음대로 해."

그러면서 다시 거리를 좁혀오는 광마.

용두파파는 잠시 당황했다. 그러나 이내 독기를 피워 올리며 소리쳤다.

"그래? 그렇다면 나중에 울고불고 후회하지나 마라!"

그 말과 함께 용두파파의 손날이 호리병으로 향했다. 동시에 광마의 태양부가 용두파파를 향해 바람을 갈랐다. 바로 그 순간,

"자, 잠깐! 둘 다 잠깐만 손을 멈춰봐!"

저 뒤에 있던 무풍수라가 놀란 기색으로 달려왔다. 광마의 도끼가 용두파파의 정수리를 쪼개기 전이었고, 용두파파의

손날이 호리병의 목을 날리기 직전이었다.

'……?'

약속이나 한 듯 동시에 손을 멈추는 두 사람.

무풍수라는 안도의 한숨을 쉬며 광마에게 눈인사를 보냈다. 그러면서도 그가 또다시 도끼를 휘두를까 봐 염려되어 급히 용두파파 쪽으로 다가서며 그녀에게 질문을 던졌다.

"한 가지만 물어보자. 네년이 그 호리병을 깨뜨리면 그 안에 있는 놈들은 어떻게 되느냐?"

용두파파가 싸늘한 표정으로 대답했다.

"어떻게 되긴, 모두 이렇게 되지."

그러면서 살짝 호리병을 기울이자 그 안에서 검붉은 핏물이 주르륵 흘러나왔다.

"으악! 안 돼! 잠깐! 잠깐만 시간을 줘!"

기절할 듯 놀라 급히 용두파파를 제지하는 무풍수라.

그러나 내심 우려하던 광마가 뚱한 표정으로 다시 태양부를 치켜세웠다.

"크크, 기다리긴 뭘 기다려? 그깟 호리병, 부수든 말든 마음대로 하라고 해!"

그러면서 새파란 강기를 내뿜는 광마.

무풍수라는 울컥 화가 치밀어 쏘아붙이듯 말했다.

"이놈아! 저 안엔 내 수하들이 있단 말이야!"

"상관없어, 내 수하들이 아니니까."

"뭐라고? 이런 미친……."

무풍수라는 한바탕 욕을 퍼부으려다가 간신히 입 안으로 집어삼켰다.

어차피 광마는 미친 사람이 아닌가. 그래서 술법도 통하지 않으니 그와 입씨름을 벌여봤자 자기만 손해라는 생각이 든 것이다.

'그래, 저놈을 상대하느니 차라리 저 메주덩이를 살살 구슬려서…….'

그런 생각으로 용두파파를 설득하려는데 갑자기 등 뒤에서 오싹한 살기가 감지됐다. 동시에 고막을 파고드는 가슴 철렁한 괴소.

"크흐흐, 뭔가 그럴듯한 재주가 있으면 좀 더 놀아주려고 했지만 고작 호리병을 깨뜨리는 게 다라니, 재미가 없어서 그만 죽어줘야겠다. 잘 가거라, 요괴!"

그 말이 끝나기가 무섭게 냅다 태양부를 내리찍는 광마.

"으악! 이 미친놈이?"

무풍수라는 너무 놀라 연거푸 장력을 날렸다.

아무리 음험 독랄하기로 둘째가라면 서러운 무풍수라라지만 근 이십 년 만에 만난 수하들을 호리병 속에서 죽게 만들순 없지 않은가.

그래서 십성에 달한 연환최심장법(連環催心掌法)을 날려 태양부의 옆면을 후려쳤다.

그 바람에 약간 각도가 빗나가 애꿎은 땅바닥만 찍고 만 광마.

그가 자존심 상한 표정으로 다시 도끼를 치켜드는 순간 무풍수라는 후다닥 용두파파 앞을 막아섰다.

"……?"

광마는 자기 앞을 막아선 무풍수라를 보고 콧구멍을 벌름거렸다.

"지금… 저 요괴 편을 드는 것이냐?"

기분이 상한 듯 번들거리는 눈빛으로 무풍수라를 노려보던 광마는 이내 잘됐다는 듯 누런 이를 드러내며 히죽 웃었다.

"그래, 차라리 이게 더 재미있겠다. 지금부터 이 대 일로 싸워보자!"

그러면서 시퍼런 강기를 번쩍이며 마구 태양부를 내리찍기 시작했다.

"으악! 이 미친놈이 정말 나랑 싸우자는 말이냐?"

무풍수라는 대경실색해 연달아 장력을 날렸다.

결국 멀쩡한 용두파파를 놔두고 서로 공방을 벌이는 두 사람.

용두파파는 어이가 없어 잠시 멍한 표정을 지었다. 그러다가 이내 정신을 차린 그녀는 서둘러 장내를 빠져나가려 했다. 그런데 바로 그때,

"캇! 바보! 시끄러우면 들켜! 들키면 쫓겨난댔잖아!"

갑자기 허공에서 새된 음성이 들려왔다. 동시에 누군가가 환영처럼 불쑥 코앞에 나타났다.

금후를 품에 안은 흑오였다.

흑오는 장내에 도착하자마자 샐쭉한 표정으로 광마를 쏘아봤다.

광마는 흑오를 보자마자 불장난하다 들킨 아이처럼 말을 더듬었다.

"아, 저기… 그러니까… 그게… 누나, 나는 그저……."

무풍수라라고 다를 리 없었다.

"끙. 너도 와 있었냐? 하긴 실이 왔는데 바늘이 안 올 리 없지. 젠장. 내가 이게 무슨 망신이야."

한숨을 쉬며 민망한 듯 먼 산을 바라보는 무풍수라.

'……?'

용두파파는 현 상황이 이해가 되지 않아 고개를 갸웃했다.

대체 저 꼬마 계집애가 누구기에 자신을 공포에 떨게 만든 거한이 그녀를 보자마자 누나라고 부르며 고양이 앞의 쥐처럼 쩔쩔매는 것일까?

또한 그 거한에게 망신을 당하면서도 줄곧 형이라고 우기던 노마가 그녀를 보고 손녀딸처럼 대하면서도 왜 체면을 세우기 위해 전전긍긍하는 것일까?

더욱이 자신의 이목을 속이고 눈 깜빡할 사이에 나타나 심상치 않은 기운으로 자신의 영력(靈力)을 흔들리게 만들고 있으니 더더욱 이해가 되지 않았다.

'아차! 이러고 있을 때가 아니지!'

용두파파는 화들짝 정신을 차렸다.

방금 두 사람이 싸움을 그쳤으니 이제 그들의 이목이 자신에게로 향할 터.

'얼른 이 자리를 빠져나가야 한다!'

그런 생각으로 급히 장내를 빠져나가려는데,

"줘."

어느새 흑오가 그녀 앞을 막아서며 불쑥 손을 내밀었다.

'줘?'

뭘 달라는 소리지?

용두파파가 영문을 몰라 고개를 갸웃하자 흑오가 재촉하듯 다시 손을 내밀었다.

"줘."

"아니, 요 쥐방울만 한 년이?"

가뜩이나 급한 상황에 앞을 가로막고 손을 내미니 기분이 좋을 리 없다. 그래서 용두파파는 눈꼬리를 치켜뜨며 표독스럽게 말했다.

"네년이 내게 뭘 맡겨놨다고 이러는 것이냐? 혼쭐을 내주기 전에 썩 물러서랏!"

그렇게 소리치는 순간,

"헉?"

섬뜩한 기운이 망막을 꽉 채워왔다.

"저, 저, 저럴 수가?"

용두파파는 자기도 모르게 눈을 휘둥그레 떴다.

어찌나 놀랐는지 말도 제대로 잇지 못하는 그녀의 망막에 흑요석처럼 까만 눈동자가 비쳤다.

전설에 나오는 시바 여신처럼 이마를 가르고 나타난 제삼의 눈.

그 눈을 대하는 순간 용두파파는 온몸에 힘이 쭉 빠져나가는 기분이었다. 동시에 그녀가 들고 있던 호리병이 흑오 쪽으로 휙 날아갔다.

그리고,

퍽!

흑오의 눈빛이 호리병을 향하자, 호리병이 순식간에 가루가 되어 사라졌다.

"헉! 아가야! 그러면……!"

무풍수라는 '안 돼!' 라고 소리치려다가 자기도 모르게 입을 다물고 말았다. 호리병이 가루로 변하자마자 수하들이 와르르 튀어나온 때문이었다.

"이건… 이건 말도 안 돼."

망연자실한 표정으로 사라진 호리병과 흑오를 번갈아 쳐다보는 용두파파.

무풍수라 역시 멍한 표정으로 바닥에 쓰러져있는 수하들과 흑오를 번갈아 쳐다봤다.

두 사람이 그러거나 말거나 흑오는 광마를 흘겨봤다.

"바보. 들키면 캇! 발 없는 할아버지 구했으면 도망, 도망!"

잔뜩 화가 났는지 아는 단어를 최대한 동원해 광마를 타박하는 흑오.

"끙……. 저놈만 구하고 바로 가려고 했는데 저놈이 자꾸 버티는 바람에……."

"됐어. 이제 도망. 후아 오면 쫓겨나."

심통한 얼굴로 서둘러 광마의 옷자락을 잡아끄는 흑오.

광마는 곤혹스런 표정으로 질질 끌려가다가 무슨 생각을 떠올렸는지 두 발에 힘을 줘 그 자리에 멈춰 섰다.

"잠깐만, 누나. 갈 때 가더라도 마무리는 하고 가야지."

그 말과 함께 휙 돌아서더니 용두파파를 향해 벼락같이 태양부를 날렸다.

"잘 가거라! 늙고 추한 요괴!"

쾌애액!

바람을 가르며 날아오는 무시무시한 도끼.

용두파파는 눈앞이 캄캄해지는 것을 느끼며 급히 진언을 외웠다. 그러자 지면이 불쑥 솟구쳐 성벽처럼 용두파파를 보호했다.

그러나,

투쾅—!

벽을 두부처럼 뚫고 날아오는 태양부.

용두파파는 도저히 맞받을 엄두가 나지 않아 눈을 질끈 감고 말았다.

그녀의 몸이 거대한 태양부에 의해 두 쪽으로 나눠지려는 순간,

"궁주, 위험하오!"

급박한 외침과 함께 누군가가 용두파파 앞을 막아섰다.

퍼억!

"컥……!"

"도우—!"

소름 끼친 음향과 신음. 뒤이어 찢어질 듯한 비명을 지르며 용두파파가 누군가를 끌어안았다. 새까맣게 변한 그녀의 얼굴에 경악과 비통함이 어렸다.

지금 가슴에 시퍼런 도끼를 꽂은 상태로 쓰러져 있는 사람은 어린 제자들을 떠나보내고 돌아온 현암 진인이었다. 그가 용두파파 대신 도끼를 맞은 것이었다.

"왜? 왜……? 먼저 가시라니까 왜 돌아온 거예요?"

용두파파가 울음 섞인 목소리로 물었다.

현암 진인은 대답 대신 자리에서 일어나려 애썼다. 용두파파가 만류했지만 소용없었다.

잠시 후, 끔찍할 정도로 많은 피를 흘리며 자리에서 일어난

현암 진인은 용두파파를 가리키며 다 죽어가는 목소리로 말했다.

"이분은… 본 파와 아무 관련이 없소. 단지 날 돕기 위해 나선 것이니 부디… 그녀를 보내주기 바라오……."

창백한 안색으로 힘겹게 목소리를 쥐어짜 내는 현암 진인.

"그, 그게……."

현암 진인과 눈이 마주친 광마는 난처한 표정으로 머리를 벅벅 긁었다. 아무리 정신이 오락가락하는 광마지만 남을 위해 대신 몸을 날린 사람의 부탁까지 외면할 정도로 냉혹한 위인은 아니었다.

하지만 무풍수라는 달랐다.

"흥! 이미 늦었다! 처음엔 아무 상관이 없었는지 몰라도 지금은 저년의 요사한 짓거리에 많은 수하들이 목숨을 잃었다! 하니 이대로 보내준다는 건 결코 있을 수 없지!"

그러면서 새파란 눈길로 용두파파를 노려보는 무풍수라.

그의 살기 띤 눈빛을 보고 현암 진인이 치를 떨었다.

"이 사악한 놈! 이미 승부가 갈렸거늘 어이해……."

"뭐라고? 사악? 크흐흐! 네놈 입에서 사악이라니, 가소롭기 짝이 없구나!"

"그게… 무슨 소리냐?"

"무슨 소리냐고? 흐흐! 하긴, 세월이 이만큼 흘렀으니 까맣게 잊어버렸겠지. 하지만 이놈! 과거에 네놈들이 어떻게 했는

지 그 소행을 떠올려 봐라!'

"그, 그건……."

현암 진인의 안색이 창백하게 굳어갔다. 그런 현암 진인을 보며 무풍수라가 조소하듯 이야기했다.

"그래, 할 말이 없을 것이다. 무공을 익히지 않은 여자들과 어린아이들만은 살려달라고 애원하는 우리에게 네놈들은 어떻게 했더냐? 모두 악마의 종자라며 여자들은 폭행하고 아이들은 사지 근맥을 잘라 불구로 만들었지. 뿐인가. 네놈, 당시에는 추상검(秋霜劒)이라 불렸었지? 그때 네놈의 행실이 어땠는지도 읊어봐 줄까?"

"그, 그만!"

현암 진인이 급히 고함을 쥐어짜 냈으나 한발 늦어버렸다.

"흐흐. 그만은 무슨 그만? 마정대전이 끝난 뒤 네놈은 속가제자들을 이끌고 우리를 잔인하게 고문했지. 그리고 우리 중에 누군가가 너희 공동 문하를 죽였다면 그 숫자의 열 배를 더해 그 가족을 무참히 살해했지. 아, 또 있군. 나중엔 천금마옥으로 넘어와 개도 안 먹을 음식을 우리한테 던져 주었다던가?"

"그, 그걸 어떻게……?"

"어떻게 알았느냐고? 흐흐, 천금마옥에서 죽어간 녀석들이 이야기해 주더군. 그리고 네놈들의 추적을 피해 변방으로 도망친 수하들이 억울해서 정보를 모았다더군. 이런데도 나한테 사악하다고 시비를 걸 작정이냐?"

"크윽……."

현암 진인이 참담한 표정으로 고개를 떨어뜨렸다.

비록 아득한 과거의 일이었으나 평생 후회하고 있던 일이 바로 복수심에 젖어 있던 당시의 일이었으니.

"그땐… 그렇게 할 수밖에 없었다."

결국 현암 진인은 스스로 생각해도 낯부끄러운 변명을 쥐어짜 낼 수밖에 없었다. 하지만 그 변명이 오히려 타는 불에 기름을 끼얹은 결과를 초래하고 말았다.

"그래, 그럴 수밖에 없었단 말이지? 그럼 나도 똑같이 대답해 주마. 지금 상황에선 이렇게 할 수밖에 없다고!"

그 말과 함께 무풍수라의 양 소맷자락이 펄럭였다.

쐐애액!

느닷없이 발출된 장력.

그 목표는 현암 진인이 아니었다. 현암 진인 옆에 서 있는 용두파파였다. 이미 다 죽어가는 현암 진인이 아닌 상식을 벗어난 술법으로 수하들의 목숨을 위협한 용두파파를 노린 것이었다.

"비겁하다!"

무풍수라다운 지독한 암습을 보고 현암 진인이 대경실색하여 소리쳤지만 도저히 막을 수 있는 방법이 없었다. 이미 그는 태양부에 상반신을 찍혀 겨우 숨만 쉬고 있는 상태.

용두파파 역시 광마와 싸우다가 심한 내상을 입은 상태였다. 더욱이 용두파파는 혹오의 파멸안을 보고 평정심이 흐트러진 데다 자기 대신 도끼를 맞은 현암 진인을 보고 거의 공황상태에 빠져 있었다. 그러니 무슨 정신으로 무풍수라의 급습을 막을 수 있었다.

그런 사실을 증명하듯 용두파파는 눈앞에 닥친 장력을 보고도 아무 대응도 못하고 있었다.

하지만 그녀를 향한 급습은 이번에도 무위로 돌아가고 말았다.

"그만—!"

갑자기 허공에서 벽력같은 호통과 함께 한줄기 잠력(潛力)이 날아온 때문이었다. 그로 인해 무풍수라의 장력은 엉뚱한 곳으로 날아갔고, 아득한 허공에서 두 사람이 나타났다. 아니, 나타났다 싶은 순간 이미 장내에 도착해 있었다.

음풍마제와 묵자후였다.

두 사람이 장내에 나타나자 주변 공기가 한순간에 급변했고, 술법의 여파로 기진맥진해 있던 마인들이 화들짝 놀라 자세를 바로 했다.

"지존강림, 만마앙복! 속하들이 지존을 뵈옵니다!"

"대장로님을 뵈옵니다!"

한목소리로 외치며 극공의 예를 취하는 마인들.

용두파파는 가슴이 덜컥 내려앉는 기분이었다.

방금 무풍수라의 공격을 막은 음풍마제의 무위도 무위였지만, 장내를 휘감는 이 엄청난 기운이라니!

무심하게 가라앉아 있는 묵자후의 눈빛을 대하자 아득한 심연으로 추락하는 기분이 들어 머리카락이 쭈뼛 곤두섰다. 하지만 그런 반응도 현암 진인에 비하면 매우 양호한 편이었다.

'지존! 지존이라고?'

가뜩이나 파리한 얼굴에 지나친 충격을 받아 간헐적으로 몸을 떠는 현암 진인. 그의 안색은 보기 딱할 정도로 흉하게 일그러져 있었다.

장문인의 명을 받고 천성궁을 떠나기 직전에 본 묵자후의 무위! 그때 현암 진인은 난생처음 죽음에 대한 공포와 두려움을 느꼈다.

뿐인가? 지존이란 칭호는 철혈마제 이후 강호에서 사라진 금기어나 마찬가지다. 그런데 그를 보자마자 한목소리로 지존이라고 외치는 마인들. 더욱이 약 먹은 파리처럼 축 늘어져 있던 마인들이 한순간 날 선 검으로 변하니 온몸의 피가 싸늘하게 식어버리는 기분이었다.

정파인들에게 전왕이자 환마, 도마라 불리는 묵자후.

그에 대한 소문은 현암 진인도 몇 번 들어본 적이 있다.

특히 사형 중 한 사람인 현오 도장이 기련산에서 폐인이 되고 아끼던 사제인 현풍 진인이 신강에서 주검도 남기지 못한 채 백골로 화해 버렸으니 귀머거리가 아닌 이상 모를 리 없었다.

하지만 그때까지만 해도 묵자후의 무위를 직접 목격한 게 아니었으니 소문을 듣고도 그저 황당한 이야기라며 시중에 떠도는 허풍쯤으로 치부했었다.

'그런데 그 소문조차 그를 완전히 표현한 게 아니었다니……'

그제야 현암 진인은 자기 사문이 왜 이리 쉽게 멸문지경에 처하게 되었는지 그 이유를 확연히 깨달을 수 있었다.

'결국 우리가 약한 게 아니었다. 우리보다 강한 적을 만났기에 무너질 수밖에 없었던 것이다.'

그렇게 위안을 해봤지만 현 상황에서는 아무 도움도 되지 않았다. 오히려 지금 탄쟁호를 건너 소림사로 향하고 있을 어린 제자들이 과연 저 무시무시한 적을 쓰러뜨리고 공동파를 다시 일으켜 세울 수 있을까 하는 회의감이 들었다.

그때 귓전으로 음풍마제의 목소리가 들려왔다.

"쯧쯧, 한심한 녀석. 명색이 장로라면서 애들 보는 앞에서 이 무슨 추태란 말이냐?"

보아하니 무풍수라를 나무라고 있는 모양이었다.

"아니, 뜬금없이 그게 무슨 말씀이시오, 대형?"

"우리는 철혈의 법을 따르는 무인이지 저들처럼 교활한 짐승이 아니다."

"교, 교활? 끙……! 젠장! 알겠소. 소제가 생각이 짧았소.
죄송합니다, 대형."

그러면서 고개를 푹 숙이는 무풍수라를 보고 현암 진인은
씁쓸한 표정을 지었다.

'교활한 짐승이라……. 천하의 공동파가 저들의 세 치 혀
에 의해 짐승으로 전락해 버리고 마는구나.'

속으로 탄식이 나왔지만 과거 행적을 돌이켜 보면 딱히 틀
린 말도 아니니 괜히 비참한 기분만 들었다.

그때 묵묵히 장내를 둘러보고 있던 묵자후의 시선이 현암
진인을 향했다.

"그대가 자소궁 궁주인가?"

나직하지만 묘한 울림이 있는 목소리.

현암 진인은 자기도 모르게 고개를 끄덕였다. 그런 현암 진
인을 보며 묵자후가 말했다.

"이미 스스로의 상태를 알고 있겠지? 대라신선이 와도 회
생은 불가능하다."

무슨 뜻으로 하는 소린가?

현암 진인이 고개를 갸웃하자 묵자후가 다시 입을 열었다.

"이미 혼이 육신을 떠나기 직전이다. 지금부터 고통이 심
할 테니 특별히 자비를 베풀어주마. 스스로 죽음을 택할 텐
가, 아니면 도움을 받겠는가?"

그 말에 좌중의 시선이 일제히 현암 진인을 향했다.

과연 그의 눈가에 짙은 그늘이 드리워져 있었다. 일명 사신의 그림자라 불리는 잿빛 그늘이었다.

"쳇, 저런 놈에게 뭐 하러 자비를 베풀어?"

무풍수라가 투덜댔다.

묵자후가 싱긋 웃으며 뭐라고 대꾸하려는 찰나,

"흥! 죽긴 누가 죽는단 말이냐? 내가 살릴 것이다! 그러니 자비를 베풀어주려거든 우릴 이대로 떠나게 내버려 다오!"

용두파파가 원독 어린 표정으로 소리쳤다.

순간 묵자후의 눈매가 서늘하게 가라앉았다.

"무례한 노파로군. 그대는 조금 전 대장로께서 왜 그대의 목숨을 구해주셨는지 아는가?"

"난 살려달라고 한 적 없다!"

쏘는 듯한 묵자후의 눈빛에 움찔하면서도 여전히 큰소리치는 용두파파.

묵자후는 피식 웃으며 턱짓으로 현암 진인을 가리켰다.

"남들은 우릴 마인이라고 욕할지 모르겠지만 우리 역시 그대들과 다르지 않다. 비록 적이지만 남을 위해 목숨을 던지는 건 쉽지 않은 용기. 그 뜻을 존중하는 의미에서 그대에게 기회를 주신 것이다."

"흥! 그딴 선심은 필요없으니 죽일 테면 죽여라!"

"흠, 권주(勸酒) 대신 벌주(罰酒)를 마시겠단 말이지?"

묵자후는 무심히 용두파파를 바라보다가 한 손을 치켜들

었다. 손끝에 물방울 같은 강기가 맺혔다. 투명하면서도 별처럼 빛나는 강기였다.

'이, 이기생형(以氣生型)……?'

용두파파는 그 강기를 보고 헛바람을 집어삼켰다. 단순히 기(氣)로 형(形)을 만드는 강기가 아니었다. 검강을 넘어 검환(劒丸)을 이루듯 지강을 넘어 지환(指丸)을 이룬 강기였다.

그 시리도록 투명한 강기를 보고 용두파파가 내심 몸서리치는 순간,

"궁주, 부디 자중하시길……."

귓전으로 모기 울음소리 같은 목소리가 들려왔다. 현암 진인의 목소리였다.

"도우……."

고개를 돌려 현암 진인을 바라보는 용두파파의 눈에 슬픔이 어렸다. 그의 최후가 점점 가까워지고 있다는 걸 깨달은 때문이었다.

"저들의 말이 옳소. 나는 이미 틀렸소. 그러니 내 걱정 말고 일신의 안위부터 도모하시오."

희미한 미소를 지으며 쥐어짜듯 이야기하는 현암 진인.

용두파파는 급히 그를 부축하며 말했다.

"안 돼요! 포기하지 말아요! 나한테 방법이 있어요! 한 가닥 숨만 모아두세요! 그러면 살릴 수 있어요! 반드시 살릴 수 있어요!"

그렇게 외치며 현암 진인의 명문혈에 진기를 불어넣는 용두파파. 어느새 그녀의 눈에 눈물이 뚝뚝 흘러내렸다.

두 사람 모두 출가한 도인이었지만 근 삼십 년 이상 서로 왕래하며 정을 쌓았다. 때문에 그들 사이의 교분이 어느 정도인지 헤아릴 수 있는 사람은 아무도 없었다.

"휴우……."

묵자후는 뜻 모를 한숨을 쉬며 손끝에 모은 진기를 풀었다. 그리고 용두파파를 보며 말했다.

"그대는 정말 어리석군. 이미 그의 생명은 꺼진 것이나 다름없다. 그런데 강제로 진기를 주입하려 하다니, 그가 얼마나 괴로워할지 짐작이나 하고 그러는 것인가?"

"뭐라고?"

깜짝 놀란 용두파파가 급히 현암 진인을 돌아봤다. 과연 이마에 식은땀을 흘리며 고통스러워하고 있었다. 그제야 상황이 심상치 않다는 걸 깨달은 용두파파는 서둘러 명문혈에서 손을 뗐다. 그때 묵자후의 음성이 다시 들려왔다.

"그보다 한심한 건 강제로 숨을 남겨 그를 살리겠다는 발상이다. 설마하니 그의 혼마저 괴롭힐 작정인가?"

그 말을 듣는 순간 용두파파의 눈꼬리가 홱 올라갔다.

"흥! 너 같은 무지렁이가 뭘 알겠느냐? 본 파의 도력으로 말할 것 같으면……."

바로 그때였다.

용두파파가 발끈하며 자신의 도력에 대해 장광설을 늘어놓으려는 순간,

번쩍!

그렇게 표현할 수밖에 없었다.

묵자후의 신형이 한순간 사라지더니 어느새 용두파파 앞에 나타나 그녀의 맥문을 틀어쥐었다.

"이런 상태로 도력이라고? 후후, 웃기고 있군."

"……!"

용두파파는 너무 놀라 순간적으로 멍하니 있다가 뒤늦게 비명을 질렀다.

"아악! 이 비겁한!"

눈 깜짝 할 사이에 맥문을 붙잡혀 허탈한 표정으로 치를 떠는 용두파파. 그러나 연이어 들려온 묵자후의 말에 화석이 된 듯 그 자리에서 굳어버렸다.

"이미 그대도 알고 있을 텐데? 그대의 몸은 수십 년째 음양조화가 깨진 상태라는 걸. 그 여파가 벌써 골수에까지 미쳤을 터. 그런데 그를 살리겠다고? 무슨 재주로?"

"……!"

묵자후의 지적에 정곡을 찔린 듯 눈꼬리를 파르르 떠는 용두파파.

묵자후는 그녀의 맥문을 놓아주며 말했다.

"음양의 조화가 깨진 상태에서 할 수 있는 방법이라곤 강

시술이나 강령술(降靈術)을 이용한 역천의 방법밖에 없지. 그마저도 영력이 안정되어 있어야 일말의 가능성이라도 있는데 지금 상태로 어떻게 법술을 펼치겠단 말인가?"

"으음……."

용두파파는 이제 완전히 기가 죽어버렸다. 설마하니 상대가 영환술(靈還術)의 원리까지 꿰뚫고 있을 줄은 몰랐던 것이다. 그래서 망연히 서 있는데 현암 진인이 처연한 미소를 지으며 말했다.

"궁주께서는 이미 최선을 다하셨소. 좀 전에 들으셨듯이 혈기 넘치던 내 지난날이 한스러울 뿐, 그리고 궁주의 후의(厚意)에 보답할 길이 없다는 게 아쉬울 뿐, 이대로 생을 마친다 해도 아무 유감이 없소. 부디 보중하시고… 뒷일을 부탁하오. 선계에서 다시 만납시다."

그 말과 함께 현암 진인은 자기 가슴에 박혀 있던 태양부를 움켜쥐었다.

"악! 안 돼! 그러지 말아요! 제발!"

용두파파가 찢어질 듯 비명을 질렀다.

그러나,

촤악……!

제 손으로 자기 가슴에 막혀 있던 태양부를 뽑아 들고 만 현암 진인.

시뻘건 핏물이 폭포수처럼 그의 가슴을 타고 흘러내렸다.

"아… 안 돼! 현암! 현암—!"

피에 젖어 비틀거리는 현암 진인을 보고 용두파파가 오열하듯 부르짖었다. 그러나 귀머거리라도 된 듯 먼 산을 바라보는 현암 진인.

생기 잃은 그의 입술에서 나지막한 목소리가 흘러나왔다.

"공동산색천하수(崆峒山色天下秀), 공동기백천화추(崆峒氣魄天華樞)……."

혼잣말로 중얼거리던 현암 진인의 눈에 한순간 기광이 번뜩였다. 뒤이어 그의 신형이 파문처럼 흔들리더니 갑자기 양손에 들고 있던 도끼를 벼락처럼 떨쳐 냈다.

콰아아아아!

혼신의 힘을 다해 집어 던진 도끼.

날 길이만도 두 자에 이르고 무게 역시 백 근이 넘는 거대한 도끼가 묵자후의 전신을 쪼갤 듯 날아왔다.

그러나,

턱!

너무나도 간단히 막혀 버리고 만 도끼.

"흐으… 공동은… 공동은 절대 이대로 무너지지 않는다!"

그 말을 끝으로 현암 진인의 몸이 스스로 허물어져 내렸다.

"현암! 현암—!"

쓰러진 현암 진인의 시신을 안고 미친 듯이 오열하는 용두파파.

묵자후는 묵묵히 그 모습을 지켜봤다.

잠시 후 용두파파가 자리에서 일어났다.

그녀는 귀기 어린 눈으로 묵자후를 비롯한 마인들을 노려봤다. 바람도 없는데 그녀의 옷자락이 펄럭였다. 뒤이어 그녀의 모발이 올올이 곤두서고 두 눈이 시뻘겋게 충혈되더니 오싹한 살기를 뿌리기 시작했다. 마치 한을 품고 죽은 귀신이 지상에 강림한 것 같았다.

"휴우……."

묵자후는 뜻 모를 한숨을 쉬며 오른손을 치켜들었다.

묵자후의 손끝에서 푸른 광채가 번쩍였다.

피웅.

"끄륵……!"

묵자후가 날린 지풍을 맞고 맥없이 쓰러지는 용두파파.

묵자후는 천천히 그녀 곁으로 다가가 단전을 폐쇄했다. 그러나 마혈을 짚였음에도 용두파파는 하얗게 눈을 치뜨며 자리에서 벌떡 일어났다.

"이 비열한……."

입에 거품을 흘리며 원독 어린 눈길로 묵자후를 쏘아보는 용두파파.

실로 꿈에 나타날까 두려운 광경이었지만 묵자후는 눈 하나 깜짝 않고 다시 손을 들어 올렸다.

묵자후의 손가락이 쇠갈퀴 모양으로 변했다.

그걸 보고 막연한 공포를 느낀 것일까.

"이놈! 무슨 짓을… 지금 무슨 짓을 하려는 것이냐?"

용두파파가 악을 쓰듯 고함을 질렀다.

그러나 묵자후는 냉정하게 그녀의 정수리를 찍어버렸다. 그리고는 용두파파의 눈을 직시하며 말했다.

"기회를 준다고 했지 발광하라고 한 적 없다. 그리고 비열한 게 아니라 함부로 끼어든 책임을 묻는 것이니 내 손속이 과하다고 원망치 마라."

그 말과 함께 묵자후의 안광이 번쩍였다. 동시에 용두파파의 정수리를 찍은 손끝에서 알 수 없는 기운이 일렁였다.

"끄아아아!"

용두파파의 입에서 처절한 괴성이 터져 나왔다.

뭔가 알 수 없는 힘이 그녀의 뇌리를 휘저은 때문이었다. 그리고 그때부터 용두파파의 안색이 서서히 제 빛깔을 회복하기 시작했다.

만약 그녀가 맨 정신이었다면 묵자후에게 수백 번 인사해도 모자랄 일이었다. 수십 년째 뒤엉켜 있던 음양의 기맥을 정상으로 되돌려 놨으니.

그러나 용두파파는 절대 그런 사실을 깨닫지 못할 것이다.

양의합일도인법과 마안섭혼공의 기운이 그녀의 기억을 모두 지워 버린 상태였으니.

"이것으로 징계를 마치겠다. 앞으로 강호의 일에 절대 끼

어들지 마라. 그리고 저 시신을 안고 네가 왔던 곳으로 돌아
가라."

그 말이 끝나자 용두파파가 멍하니 자리에서 일어났다. 그
리고 말 잘 듣는 어린아이처럼 현암 진인의 시신을 안고 석양
속으로 사라졌다.

잠시 장내에 정적이 흘렀다.

한바탕 꿈같은 일이 지나간 때문이었다.

용두파파가 떠나자 쌓였던 눈도, 내리던 폭설도, 폭설 뒤에
울리던 뇌성벽력도 사라지고 평온한 겨울 숲의 정경을 회복
했다.

"쳇. 재미없게 끝나 버렸군."

가장 먼저 정적을 깬 사람은 무풍수라였다.

"모두 뭣들 하느냐? 얼른 장내를 정리하고 추적을 마무리
짓지 않고!"

무풍수라가 고함을 지르자 마인들이 우르르 장내 정리에
나섰다.

그 모습을 물끄러미 보고 있던 음풍마제가 지나가듯 말했
다.

"시체도 몇 없으니 대충 정리하고 마무리해라. 탄쟁호 쪽
은 시마 놈 밑에 있던 아이들이 갔으니 염려 말고."

"쳇! 그놈들이 왜 여기까지 기어들어 와?"

무풍수라가 투덜댔으나 원래 이쪽 방향의 수색과 차단은 흡혈시마의 조카가 수장으로 있는 흡혈마동이었다. 그런데 자소궁에 한이 맺힌 무풍수라가 수하들을 닦달해 이곳까지 넘어온 것이었다.

"아무튼 너희들, 방금 봤지? 후아가, 아니지, 지존이 그 메주덩이 같은 노파를 멍하게 만든 수법이 바로 마안섭혼공이다. 그걸 가르친 사람은 위대한 마도의 장로이자 환영문의 태상문주인 이 몸이시고. 그러니 모두 내게 무공을 배운 걸 영광으로 알도록. 크흐흐."

무풍수라 딴엔 머쓱해서 꺼낸 말이었다. 또한 용두파파의 술법에 당해 땅에 떨어진 체면을 만회하기 위해 꺼낸 말이기도 했다. 그러나 그 말이 끝나기가 무섭게 음풍마제의 질책이 날아들었다.

"쯧쯧, 어떻게 된 게 가르친 놈이 더 못하냐? 그러게 진작 수련에 매진하라니까 탱자탱자 농땡이만 치더니 꼴좋다. 그런 실력으로 광마나 아이들 보기에 부끄럽지 않으냐?"

"그, 그거야…… 젠장! 내가 말을 말아야지."

괜히 이야기를 꺼냈다가 본전도 못 찾게 된 무풍수라는 자존심 상한 표정으로 고개를 휙 돌려 버렸다.

"에혀, 저놈은 언제쯤 철이 들는지……."

뒤통수로 음풍마제의 한숨 소리가 날아왔다. 그리고 수하들이 몰래 폭소를 터뜨리는 것 같아 속으로 인상을 찌푸리고 있는데 정신을 번쩍 들게 만드는 호통 소리가 들려왔다.

"이 녀석, 흑오! 그리고 광마!"

느닷없는 호통의 주인공은 묵자후였다.

평소답지 않게 화난 얼굴로 두 사람을 노려보는 묵자후.

그의 언성에 노기가 서려 있자 마인들은 바짝 긴장해 얼른 시선을 바닥으로 향했다.

흑오와 광마 역시 마찬가지였다. 특히 흑오는 묵자후가 등장할 때부터 이미 자라처럼 고개를 푹 파묻고 있었다. 그런 흑오의 머리 위로 묵자후의 잔소리가 날아들었다.

"이런 청개구리 같은 녀석! 위험하니까 청해로 가 있으랬잖아? 여기가 청해냐?"

"……."

묵자후의 화난 얼굴을 보고 눈물을 글썽이던 흑오는 살그머니 고개를 돌려 광마를 흘겨봤다.

"바보! 너 때문에 들켰잖아."

"……."

울상으로 종알거리는 흑오의 원망에 광마는 할 말이 없어 머리만 벅벅 긁었다. 그때 가슴을 철렁하게 만드는 목소리가 들려왔다.

"여러 소리 하지 않겠다. 당장 청해로 떠나라. 명령이다."

쇠를 자르듯 단호한 명령에 이어 장내에 있는 마인들 중 몇 사람을 길잡이로 붙여주려 하자 광마는 우물쭈물한 표정으로 흑오의 눈치를 살폈다.

아니나 다를까, 흑오가 발딱 고개를 치켜들었다.

"싫어! 안 가!"

빽 소리를 지르며 대담하게 묵자후를 쏘아보는 흑오.

광마는 감탄한 눈빛으로 흑오를 바라봤다.

'역시 누나는 대단해. 나 같으면 눈도 못 마주칠 텐데……'

그렇게 마음속으로 엄지를 치켜들며 묵자후의 눈치를 살폈다.

"이놈이?"

어이가 없다는 듯 인상을 찌푸리는 묵자후.

그러나 흑오는 오히려 눈싸움을 벌이기 시작했다.

"여우 싫어! 안 가! 여기 있을 거야! 절대 안 가!"

"하……!"

"와앙! 안 가! 죽어도 안 가! 흑흑흑……."

묵자후가 기가 막혀 입을 딱 벌리는 사이, 흑오는 바닥에 주저앉아 엉엉 울음을 터뜨렸다.

"이 녀석이? 울면 다 해결되는 줄 아느냐? 어린애처럼 굴지 말고 얼른 떠나라. 그렇지 않으면……."

거기서 묵자후의 말문이 탁 막혀 버렸다.

원래는 '지금 당장 떠나지 않으면 앞으로 날 안 보겠다는 뜻으로 알겠다'라고 엄포를 놓으려 했으나, 바닥에 앉아 엉엉 울고 있는 흑오를 보니 가슴이 저렸다. 예전 기억이 떠오른 때문이었다.

천궁파 도사들에게 나부태태를 잃고 끅끅 울던 녀석.

음원곡에서 자신에게 뱀 고기를 건네주며 활짝 웃던 녀석.

은혜연을 보고난 뒤 괜히 심술이 나서 입술을 삐죽이다가 목욕을 하고 난 뒤에 예쁘다고 해주니 수줍은 표정으로 배시시 웃던 녀석.

그리고 동정호 부근에서 환락승 등에게 납치당하던 흑오의 얼굴이 떠올랐다.

그때 녀석이 잘못되기라도 하면 어쩌나 싶어 얼마나 가슴 졸였던가? 그리고 그날 이후 온갖 고초를 겪으며 강호를 헤매다가 결국 광마와 함께 아단용성으로 찾아와 서러운 울음을 토해내던 흑오의 얼굴을 떠올리니 가슴 한구석이 먹먹하게 아파왔다.

반면, 흑오는 다른 이유로 가슴이 탁 막혀왔다.

예전과 다른 묵자후의 음성, 예전과 다른 묵자후의 눈빛.

'이젠… 내가 싫어졌나 봐…….'

그렇게 생각하니 불쑥 서러운 마음이 솟구쳤다.

'나쁜 놈! 배신자! 공공이보다 못한 놈!'

조금 전에 메주덩이같이 생긴 노파—무풍수라의 표현이었으나 흑오도 내심 동의하고 있었다—가 묵자후에게 막말을 할 때 너무 화가 나 공공이를 보내 그녀를 혼내줄까 고민했었다.

그리고 지금은 날씨가 추워져서 뱀 고기를 못 먹이지만 날씨가 풀리면 예전처럼 맛있는 뱀 고기를 잡아줄 계획을 하고 있었다.

그런데 여우한테 홀려 저런 차가운 눈빛을 보이다니.

"흑……."

흑오는 눈물방울을 떨어뜨리며 묵자후를 올려다봤다.

"여우 좋아? 난 싫어! 그런데 떠나라고? 나 미워?"

그렁그렁한 눈망울로 질문을 던지는 흑오.

묵자후는 어리둥절한 표정으로 대답했다.

"이 녀석이 뜬금없이 웬 여우 타령이야? 네가 미워서 떠나라는 게 아니라 위험해서 그렇댔잖아!"

"거짓말! 안 위험해! 발 없는 할아버지 더 위험해. 난 안 위험해!"

"끙……."

갑자기 화살이 자기에게 날아오자 무풍수라는 억울한 표정으로 흑오를 노려봤다.

'오늘 망신살이 뻗치는구나. 내가 동네북이야, 뭐야?'

속으로 투덜거리면서도 차마 닭똥 같은 눈물을 뚝뚝 흘리고 있는 흑오에게 심통을 부릴 순 없었다. 상황이야 어찌 됐든 녀석이 광마를 움직여 준 덕분에 위기를 모면하지 않았던가.

"험, 험. 그러지 말고 여기까지 왔으니 그냥 데려가자꾸나."

결국 무풍수라는 마음에도 없는 소리를 내뱉었다. 그러자 잠자코 있던 음풍마제가 빙그레 웃으며 고개를 끄덕였다.

"육 수라 말이 옳다. 벌써 강시들까지 따라왔으니 어쩌겠느냐."

"이런!"

그러고 보니 강시들을 생각지 못했다.

"끙. 벌써 저 녀석들까지 몰려왔군."

기가 차서 한숨을 푹푹 내쉬는 묵자후.

그의 등 뒤로 음습한 기운이 몰려오고 있었다.

자기들의 주인인 흑오가 묵자후에게 구박(?)을 받는 듯하자 녀석들이 위기감을 느꼈는지 빠른 속도로 달려오고 있었다.

크르르…….

게다가 녀석들은 가소롭게도 묵자후에게 적의의 눈빛을 보이고 있었다.

그들만이 아니었다.

까악! 까악!

삐이익! 삐리리릭!

어느 순간부터 흑오 머리 위로 까마귀와 독수리 떼가 모여들었다.

그 녀석들도 강시들과 마찬가지로 흑오를 호위하듯 에워싸며 묵자후를 노려보았다.

심지어는 금후와 천년오공조차 혹오 편을 들 듯 묵자후를 뚫어져라 처다보고 있었다.

"나 참, 어이가 없어서……."

묵자후는 기가 막혀 할 말을 잃어버렸다.

그러자 이때다 싶었는지 광마가 엉거주춤 다가와 손을 내밀었다.

"주십시오."

"……?"

"그거, 제 건데요……."

역시 분위기 파악엔 영 꽝인 광마였다.

지금 같은 상황에서 태양부를 돌려달라니.

"휴우……."

결국 묵자후는 설레설레 고개를 젓고 말았다.

어쩌겠는가.

한 사람은 정신이 오락가락하는 상태니 말이 통하지 않고 다른 한 사람은 세상물정 모르는 천방지축이니 말해봐야 소용이 없다는 것을 깨달은 것이다.

"혜에……."

"휴우."

묵자후의 표정이 조금 풀린 듯하자 흑오와 광마는 애교를 부리듯 덩달아 한숨 소리를 흉내 냈다.

기가 막혀 눈을 부라렸지만 전혀 통하지 않았다.

"할 수 없군. 대장로님과 장로님이 권하시니 함께 동행하도록 하지. 대신 조건이 있다."

"꺄아!"

그 말이 떨어지기가 무섭게 환호하는 흑오.

광마 역시 누런 이를 드러내며 히히 웃었다.

그런 두 사람을 향해 묵자후는 쐐기를 박듯 말했다.

"더 이상 사고치지 않겠다고 약속해라. 내 명령 없이는 한 발짝도 움직이지 않겠다고."

당연히 두 사람은 냉큼 고개를 끄덕였다.

이때까지만 해도 묵자후는 그 약속이 오히려 자기 발목을 잡는 족쇄일 줄은 전혀 예상치 못했다.

정말 두 사람은 그날 이후부터 묵자후의 명령 없이는 단 한 발자국도 움직이지 않았다. 그래서 이동할 때마다 묵자후가 그들을 챙겨야만 했다.

결국 애초의 계획과 달리 묵자후만 속이 터져 나갈 수밖에 없었다.

제68장

결의

魔道
天下

서걱!

칼날이 번쩍이고 붉은 피가 튀었다.

"끄으……."

애절한 신음을 흘리며 털썩 쓰러지는 인영.

그의 심장을 가른 칼이 투박한 손아귀로 되돌아왔다.

"하마터면 우리가 당할 뻔했군."

"그러게 말이야."

"이놈이 마지막이지?"

"아마 그럴걸?"

"쩝. 이게 끝이라니 왠지 허무한 기분이 드는군."

"나도 마찬가지야. 워낙 독한 놈들이라서 꽤 긴장했는데……."

두런두런 대화를 나누며 뒤돌아서는 이들.

흡혈시마 휘하에 있는 마인들이었다.

그들 뒤로는 세 명의 도인이 피투성이가 되어 쓰러져 있었다. 공동파에서 태평, 태원, 태강이라 불리던 도사들이었다. 동시에 현암 진인을 수행하며 어린 제자들을 보호하던 일대 제자들이었다.

그럼 어린 제자들은 어떻게 된 것일까?

모두 죽은 것일까?

아니었다.

"음? 이게 무슨 소리지?"

임무를 완수하고 돌아가던 마인들 중 한 사람이 탄쟁호 쪽을 돌아봤다.

용두파파가 술법을 펼칠 때까지만 해도 호수 전체가 빙판이었으나 지금은 차가운 물결이 바람에 출렁이고 있었다.

"글쎄… 호수 중간쯤에서 나는 소리 같은데?"

"흠……. 누가 물에 빠진 모양이야. '어푸어푸' 소리가 들려."

"그렇다면……?"

마인들은 서로를 보며 섬뜩한 눈빛을 교환했다.

"아직 생존자가 있다는 말이군."

"저놈들이 진짜 마지막인 모양이야. 가서 목을 따주자고!"

마인들 중 일부가 신형을 날렸다. 나머지 마인들은 그들의 착지 지점을 예상하고 나뭇조각과 돌멩이 등을 발출했다. 동료들이 그걸 밟고 다시 신형을 날릴 수 있도록 하기 위해서였다.

*　　*　　*

한겨울의 호수는 뼈가 시릴 듯 차갑다. 특히 탄쟁호는 대륙 북방에 위치해 있어 더더욱 차갑다. 그런데 그 호수 중간쯤에 작은 그림자들이 어른거렸다.

"어푸어푸! 대사형! 내 발에 쥐가 났어!"

"콜록콜록! 난 추워, 대사형!"

파랗게 얼어붙은 얼굴로 비명을 지르는 아이들. 모두 현암 진인을 따르던 도동(道童)들이었다.

그들은 현암 진인의 채근에 못 이겨 사숙 격인 일대제자들과 함께 탄쟁호를 건너는 중이었다. 그런데 호수 중간에 이르자 갑자기 얼음이 깨져 버렸다.

설상가상으로 그들을 인솔하던 일대제자들이 무슨 기운을 느꼈는지 갑자기 검을 뽑아 들었다. 그리고는 림이라고 불린 소년에게 뒷일을 부탁하고는 일제히 신형을 날려 탄쟁호 입구 쪽으로 되돌아갔다.

도동들의 대사형 격인 청림은 그들의 뒷모습을 보며 슬픈 표정을 지었다. 사숙들이 목숨을 걸고 적을 유인하러 갔다는 사실을 눈치챈 때문이었다.

그러나 어린 사제들에게 그런 내색을 할 순 없었다. 더욱이 호수물이 너무 차가워 계속 슬픔에 빠져 있을 수도 없었다.

아직 호수를 건너려면 한참을 더 헤엄쳐야 했다. 그런데 벌써 몇몇 사제들이 경련을 호소하거나 추위에 체온을 잃고 있으니 애간장이 바짝 타들어갔다.

"모두 힘내! 청운, 청산, 일곱째와 여덟째를 돌봐줘! 난 다섯째와 여섯째를 챙길 테니!"

그렇게 지시를 내리며 힘겹게 헤엄칠 때였다.

파라라락!

멀리서 옷자락 스치는 소리가 났다.

"헉!"

무심코 고개를 돌리다가 가슴이 철렁했다. 마인들이었다. 그것도 한두 사람이 아니라 무려 일곱 명이 수면을 튕기듯 날아오고 있었다.

'안 돼!'

청림은 속으로 비명을 지르며 사제들을 돌아봤다.

다들 차가운 수온에 몸이 얼어붙어 속도를 내지 못하고 있었다.

청림은 입술을 질끈 깨물었다.

"모두 흩어져서 잠수해! 살아남으면 소림! 소림으로 오는 걸 잊지 마!"

청림의 울음 섞인 목소리가 강물 위로 메아리쳤다. 가슴 아픈 결정이었지만 한 사람이라도 살아남으려면 흩어지는 수밖에 없었다.

"으악!"

"마인들이야!"

청림의 목소리를 듣고 어리둥절한 표정을 짓던 도동들은 무서운 속도로 날아오는 마인들을 보고 사색이 되어 수면 아래로 잠수했다.

그리고 향 한 자루 탈 시간이 지났다.

촤악!

가녀린 목에서 튀어 오른 핏물이 수면을 벌겋게 물들였다.

"휴우! 이제 정말 끝난 거겠지?"

"그럴 거야. 이 꼬맹이들까지 모두 처치했으니……."

"괜히 마음이 아프군."

"쓸데없는 소리! 받은 대로 되돌려주는 거야!"

"하긴 후환을 남길 필요는 없지. 특히 공동파라면……."

그렇게 대화를 나누며 탄쟁호를 한 바퀴 둘러본 마인들은 바람처럼 월석협으로 되돌아갔다.

선홍빛으로 물든 호수엔 여덟 구의 시체가 둥둥 떠다니고 있었다. 협곡에서 불어오는 바람이 죽은 아이들의 넋을 위로해 주고 있었다.

그때,

푸확!

갑자기 호수 끝자락, 작은 바위 뒤에서 누군가가 물 밖으로 고개를 내밀었다.

"콜록콜록!"

호수를 빠져나오자마나 토악질을 하며 쓰러지는 소년.

어린 도동들의 대사형 격인 청림이었다.

그는 호수 위로 둥둥 떠다니는 사제들의 시신을 보며 눈시울을 붉혔다.

'아강, 아추, 아진……. 흑흑!'

소리 내어 부르지도 못하고 웅어리진 가슴으로 사제들의 이름을 부르는 그의 눈엔 하염없이 눈물이 흘러내렸다.

모두 죽고 혼자 살아남았다는 죄책감과 어린 사제들을 죽인 마인들, 그들을 향한 원망의 눈물이었다. 또한 그의 양팔엔 마인들의 눈을 피해 장시간 잠수하느라 익사해 버린 두 사제의 시신이 축 늘어져 있었다.

"잊지 않을 거야. 이 원한은 절대 잊지 않을 거야!"

청림은 한동안 불타는 공동산을 바라보며 눈물을 흘렸다. 그리고 석양이 질 무렵, 사제들의 시신을 호수 주변에 묻어준 뒤 그들이 가지고 있던 비급을 소중히 갈무리했다.

"그런데 막내의 시신이 보이지 않는구나."

밤이 이슥하도록 호수 주변을 뒤졌으나 끝내 막내 사제인 청하의 시신만은 찾을 수 없었다.

할 수 없이 청림은 그가 살아 있기만을 바라며 힘없이 탄쟁호를 떠났다.

모사재인(謀事在人), 성사재천(成事在天)이라.

묵자후를 비롯한 마인들은 공동파의 풀뿌리 하나 남기지 않겠다고 선언했지만 하늘이 행하는 일은 그 누구도 헤아릴 수 없었다.

이제 청림마저 떠나고 찬바람만 부는 탄쟁호.

그곳에서 또 하나의 은원이 시작되고 있었다.

은혜와 원한이 돌고 도는 강호. 그 속성에 따라 언젠가는 청림의 칼끝이 묵자후를 향할지도 모르는 일이었다.

*   *   *

춘절(春節)이 지난 지 열흘이 넘었는데도 추위는 갈수록 맹위를 떨쳤다.

어제는 폭설까지 내려 온 세상이 눈 천지로 변했다.

화산파의 상궁(上宮)이 있는 연화봉(蓮花峰).

그중에서도 의사청(議事廳) 역할을 하는 취운각(取雲閣) 뒤의 측백나무에도 탐스런 눈이 내렸다. 눈꽃 핀 가지 위로 어린 까치 한 마리가 내려앉자 모두들 좋은 일이 있을 거라고 기대했다. 그러나 오후 무렵이 되자 취운각은 초상집 분위기로 변해 버렸다. 공동파가 멸문당했다는 소식이 전해진 것이다.

"그게 정말이오? 정말 공동파가 무너졌단 말이오?"

누군가가 믿기지 않는다는 듯 물었다.

소림사의 나한전 수좌인 광혜 대사가 탄식하듯 고개를 끄덕였다.

"불행한 일이지만… 사실이외다. 방금 본산에서 전언이 도착했습니다. 나무관세음보살……."

"으음. 놈들의 전력이 그 정도였단 말이오?"

"감숙을 휘저은 지 며칠이나 됐다고 벌써 공동파를……."

"아미타불……. 전언에 의하면 전왕이자 환마, 도마인 작자와 십대마인의 생존자들, 그리고 요마라 불리는 소녀와 그를 따라다니는 괴승까지 총출동했다 하오. 그러니……."

"으음……."

좌중에 무거운 침묵이 내려앉았다.

누군가가 한숨을 쉬며 중얼거렸다.

"공동파엔 옥명자 선배를 비롯한 공동오로가 계시는데……. 놈들의 전력이… 예상을 훨씬 웃도는구려."

다른 누군가가 그에 동의했다.

"이러고 있을 때가 아니오. 서둘러 대책을 세워야겠소."

"그 대책이란 게……?"

"다른 게 있을 리 있겠소? 얼른 맹주를 선출하고 천하 비무 대회를 개최해야지요."

"어허, 그건 날씨가 좀 더 풀리면 하자니까요."

"그사이에 놈들이 이곳으로 향할 수도 있소."

"그게 무슨 망언이시오? 놈들이 이곳으로 온다고 해서 우리 화산이 겁먹을 줄 아시오?"

"내 말은 그런 뜻이 아니라……."

여전히 반복되는 탁상공론.

다들 자파와 가까운 인사를 맹주로 추대하기 위해, 그리고 자파와 가까운 이들이 비무대회에서 좋은 성적을 거둘 수 있 도록 하기 위해 오늘도 암투를 벌이고 있었다.

'허허, 기가 막히는구나. 놈들은 시시각각 다가오고 있는 데 다들 잿밥에만 눈이 멀어 있으니…….'

이렇게 될 줄 알았다면 영웅성과의 관계를 서둘러 끊을 필 요가 없었다고 생각하며 광혜 대사는 고개를 설레설레 내저 었다. 그런데 그때,

"사부님ㅡ!"

회의실 문이 벌컥 열리더니 화산파 제자 한 사람이 뛰어들 어 왔다.

"사부님, 큰일 났습니다! 강호에 급변이 발생했습니다!"

"급변이라니? 대체 얼마나 중한 일이기에 존장들 계신 자리에서 호들갑이냐?"

화산파 장문인인 벽송 진인(碧松眞人)이 못마땅한 눈빛으로 제자를 나무랐다.

그제야 다른 문파의 명숙들도 함께한 자리란 걸 깨달은 그는 잠시 호흡을 고르더니 차분한 어조로 이야기했다.

"방금 개방에서 급전을 보내왔습니다. 영웅성이 움직였답니다. 그것도 한두 군데가 아니라 강호 전체를 휩쓸고 있다는 소식입니다."

"뭐라고?"

"영웅성이 움직였다니?"

"그게 무슨 소린가? 영웅성이 강호 전체를 휩쓸고 있다니?"

다들 너무 놀라 자리에서 벌떡 일어났다. 방금 제자를 나무란 벽송 진인도 마찬가지였다.

"밑도 끝도 없이 그게 무슨 소리냐? 좀 더 소상히, 자세하게 고해보아라. 도대체 놈들이 어디를 어떻게 움직였단 말이냐?"

"예, 전언에 의하면 호북 무창을 기준으로 동, 서, 남 세 방향으로 나눠 움직이고 있답니다. 동쪽으로는 강서와 안휘, 서쪽로는 귀주와 사천, 남쪽으로는 광서와 복건인데, 지금 동쪽과 남쪽, 특히 강서와 안휘가 쑥대밭이 되고 있다는 소식입니다."

"맙소사!"

"강서와 안휘라니? 그럼 강남이 놈들에게 넘어가기 직전이란 말이지 않은가?"

"어쩌면 이렇게 공교로울 수가……."

명숙들은 모두 공황상태에 빠져버렸다.

"이거 큰일이구려. 위쪽에선 마도 놈들이, 아래쪽에선 영웅성이 분탕질을 치니 어디를 먼저 경계해야 할지 모르겠구려."

종남파 장문인인 운진자(雲進子)의 탄식이 모두의 심정을 대변해 주고 있었다. 엎친 데 덮친다고, 영웅성이 왜 하필 이럴 때 움직인단 말인가 하는 생각으로 모두 암담한 표정을 짓고 있을 때였다.

"아니, 사백? 사백께서 어인 일로 여기까지……."

갑자기 광혜 대사가 눈을 휘둥그레 뜨며 회의실 입구 쪽을 돌아봤다.

'……?'

중인들은 무슨 일인가 하여 덩달아 고개를 돌렸다.

사백이라니? 천하에 누가 있어 광혜 대사에게 사백이라 불린단 말인가?

그런 생각으로 입구 쪽을 바라보던 명숙들은 화들짝 놀라 저마다 눈을 휘둥그레 떴다.

"아니, 성승께서?"

"정말 성승이시오? 이게 대체 얼마 만입니까?"

경악하면서도 극공의 예로 포권을 취하는 명숙들.

현 강호를 주름잡는 그들로부터 절대적인 환영을 받으며 회의실로 들어서는 사람.

인자한 표정으로 모두에게 반장(半掌)의 예를 취하는 그는 바로 소림의 전설이라 불리는 불마 성승이었다.

"으음!"

"그런 일이……."

불마 성승이 등장하고 난 뒤부터 장내의 분위기는 완전히 달라졌다. 그도 그럴 것이, 불마 성승은 정파인들이 가장 존경하는 무인이자 종파를 초월해 그 깨달음을 인정받은 전전 대 고인(高人)이었으니.

특히 그 이름의 무게가 뇌존과 맞먹을 정도였으니 불마 성승 앞에서 감히 사심을 드러낼 사람은 아무도 없었던 것이다.

"…그래서 노납이 여기까지 온 것이오."

불마 성승은 먼저 묵자후를 비롯한 천금마옥 마인들이 겪은 참상과 그들이 느끼고 있을 원한을 이야기했다. 그리고 지존령의 위험성과 묵자후의 복수행이 시작되면서 급격히 늘고 있는 마도 세력을 이야기하면서 모두의 주의를 환기시켰다.

"이미 감숙을 중심으로, 새외(塞外)에서 활동하는 마도, 흑도, 사파들이 대거 그에게 충성을 맹세하고 있다고 하오. 이대로 두면 몇 달 내에 전(全) 마도가 다시 결집할 수도 있소이다."

그 말에 좌중의 안색이 석고상처럼 딱딱하게 굳어갔다.

"전 마인들이 모이고 있다니! 실로 심각한 상황이구려!"

"지존령의 위력이 그 정도였을 줄이야……."

"지존령도 지존령이지만 우선 전왕이자 도마, 환마인 그자부터 처치해야 하오!"

모두의 입에서 바짝 긴장한 목소리들이 흘러나왔다. 광혜대사는 마침 이때다 싶어 조심스럽게 자기 생각을 이야기했다.

"하오나 사백, 영웅성도 때맞춰 발호하고 있으니 어디부터 먼저 손을 써야 할지 모르겠습니다."

"그렇습니다. 지금은 그게 가장 골치 아픈 문제입니다."

다들 동의한다는 듯 고개를 끄덕이자 불마 성승이 빙그레 웃으며 말했다.

"영웅성에 관한 문제는 노납보다 늙은 거지와 성질 급한 검후가 더 효과적일 것이오. 그래서 이미 두 사람이 영웅성으로 출발했소이다."

"아! 규지신개 어르신과 마두검후께서도 출도하셨군요?"

"그분들까지 나서셨다니 작금의 파란은 곧 진정이 되겠습니다그려."

모두 반색하며 기대 어린 표정을 지었다.

그러나 현실은 그리 녹록치 않았다.

"글쎄요……. 노납도 그렇게 되길 바라지만, 감나무 밑에서 감이 떨어지길 기다리고 있을 수만은 없으니 나름의 준비도 병행하는 게 좋을 것 같구려."

"나름의 준비라……."

항상 이 부분에서 의견이 엇갈렸다. 그래서 다들 눈치를 보며 발언을 망설였다.

할 수 없이 화산파 장문인인 벽송 진인이 모두를 대신해 입을 열었다.

"외람되오나 우리 역시 그 부분을 고민하고 있었습니다. 혹시 성승께서 따로 생각해 두신 복안(腹案)이라도……?"

감히 청하진 못하지만 내심 기대하는 바, 불마 성승이 맹주로 나서주면 어떻겠느냐는 우회적인 질문이었다.

그러나 불마 성승은 희미하게 웃으며 오히려 반문을 던졌다.

"여러 명숙들께서 생각하시기에 현 강호, 범위를 좁혀 우리 정파의 문제가 무엇이라고 생각하시오?"

"……."

불마 성승의 눈길이 향하자 모두 민망한 표정으로 찻잔을 만지작거렸다. 불마 성승이 뭘 말하려고 하는지 눈치챈 까닭이었다.

"다들 대답을 망설이시니 노납이 한번 이야기해 보리다."

모두 입을 꾹 다물고 있자 불마 성승이 빙그레 웃으며 말했다.

"노납의 소견으로는, 다들 자파의 안위를 너무 고민하시다 보니 가끔 대국의 흐름을 놓칠 경우가 있다는 것이오."

"어흠."

"그게… 그렇지요……."

불마 성승이 에둘러 표현했지만 그 말이 자파의 이익에만 급급하다는 지적임을 왜 모르겠는가.

좌중이 헛기침을 하며 시선을 내리깔자 불마 성승이 모두의 심정을 이해한다는 듯 온화한 눈빛으로 말했다.

"시국이 시국이니만큼 이번만은 대국을 먼저 생각합시다. 즉, 우리의 힘을 모두 모을 수 있는 분을 맹주로 모시자는 말입니다. 현 상황에서는 그게 가장 중요할 것 같습니다."

"하면 사백께서 생각하시기에 어느 분이 가장 합당할 것 같은지요?"

광혜 대사가 때맞춰 질문을 던졌다. 이왕 내친걸음이니 여기서 결론을 내버려야 더 이상 시간낭비하지 않을 것이라는 판단 때문이었다.

불마 성승은 잠시 생각하는 듯하다가 대답했다.

"여러 장문인과 명숙들께서 따로 결정해 두신 분이 없다면 곤륜으로 눈을 돌려보는 게 어떨까 싶습니다만……."

"곤륜… 이라구요?"

"으음, 그건 좀······."

다들 난색을 표했다.

중원에서도 거의 변방으로 취급받는 청해.

더욱이 끝없는 사막과 광활한 초원을 지나 고원지대에 우뚝 솟은 산맥에 자리한 곤륜파.

아득한 과거엔 도가무학의 발상지라 불릴 만큼 전설적인 문파였으나 정사대전 이후 급격히 쇠락해 버렸다. 아니, 사백년 전, 천마 이극창의 등장과 함께 차츰 쇠락하다가 철혈마제 곽대붕이 감숙과 신강 부근에서 철마성을 세우는 바람에 급격히 쇠퇴해 버렸다.

그래서 구대문파 회합에도 거의 참여하지 않고 기련산 토벌 때도 속가제자만 몇 명 파견할 정도였다. 때문에 과거의 성세를 얼마나 회복했는지 알 수 없고, 특히 곤륜에서 이곳까지의 거리도 만만치 않았다. 그래서 다들 회의적인 반응을 보이는 것이다.

"곤륜파를 선택할 바에야 차라리 사백께서 전면에 나서주시는 게······."

오죽했으면 광혜 대사까지 은근히 반대 의견을 피력할 정도였다.

그러나 불마 성승은 좌중의 반응을 예상했다는 듯 빙그레 웃으며 말했다.

"방금 광혜 사질이 이 늙은이더러 맹주 자리에 앉으라고 하는데 그 말은 노납더러 빨리 해탈해 버리란 말과 진배없지 않소? 아마 매화 산인도 마찬가지 생각이실 테고 규지신개도 마찬가지 대답을 할 겁니다. 장강의 뒷물결이 앞 물결을 밀어내듯, 우리 늙은이들은 이제 뒷방에서 편안히 노후를 보내야지요."

"아이고, 무슨 그런 말씀을……."

"받들기 민망합니다, 성승."

불마 성승의 농담 아닌 농담에 분위기가 한결 부드러워졌다.

그제야 불마 성승은 자기의 속내를 털어놓았다.

"여러 장문인들과 명숙들께서 무얼 우려하시는지 잘 압니다. 그러나 지금 가장 중요한 건 구대문파의 단합된 힘을 이끌어내는 것이지요. 그래서 곤륜이 필요합니다. 곤륜이 움직이면 아미와 점창도 자연스럽게 합류할 테니까요."

"음……."

"으음……."

일리있는 말이었다.

아미와 점창은 곤륜만큼이나 구대문파의 일에 소극적이었다. 아무래도 중원 전체로 볼 때 변방이라 할 수 있는 사천에 위치해 있기 때문이리라.

그런데 만약 곤륜에서 무림맹 맹주 직을 맡게 되면 그들도 욕심을 낼 확률이 높았다. 이제껏 변방이라 소외되었다는 생각에서 벗어나 언제고 자신들도 주류가 될 수 있다는 희망을 가질 것이기 때문이다.

더욱이 그들 세 문파가 합류하면 과거의 정사대전 때처럼 명실상부한 구대문파 중심의 무림맹을 출범시킬 수 있다.

또 그렇게 되면 마인들의 남하(南下)를 주춤거리게 만들 수 있고, 뇌존에게 경각심을 불러일으킬 수 있으며, 흑마련의 위세마저 꺾어놓을 수 있다. 그야말로 일석삼조의 계책이 되는 것이다.

"좋습니다. 저희 화산은 대국적인 견지에서 찬성하겠습니다."

가장 먼저 화산파 장문인이 동의를 표했다.

"저희 종남 역시 천하대계를 생각해 그에 따르겠습니다."

뒤이어 종남파 장문인까지 찬성하자 나머지 문파들도 천천히 고개를 끄덕였다.

"그럼 남은 건 천하 비무대회 일정을 잡는 것뿐이구려. 노납의 소견으로는 신임 맹주 취임을 기념하는 행사로 외부에 공포하고, 내부적으로는 제이의 정사대전을 준비하는 출정식으로 해서 최단기간 내에 끝냈으면 좋겠습니다만."

"그 말씀 역시 동의합니다."

"저희 종남도 찬성합니다."

"형산파 역시 헛된 공명을 다투기보다는 멸사봉공의 자세로……."

지난 몇 달 동안 난항을 보이던 사안들이 일사천리로 합의됐다. 이제 남은 건 뇌존과 담판을 지으러 간 규지신개와 마두검후가 어떤 결과를 가져오느냐 하는 것이었다.

취운각에 모인 명숙들은 각자 오늘 회합의 결과를 자파에 알림과 동시에 천하 비무대회를 준비하며 뇌존과의 담판 결과를 초조하게 기다렸다.

*   *   *

쾅!

"뭣이 어쩌고 어째?"

산서의 성도인 태원(太原).

성벽만큼이나 높은 담장으로 둘러싸인 장원 안에서 울분에 찬 목소리가 새어 나왔다.

얇은 입술과 좁은 눈매로 인해 다소 신경질적이고 성급해 보이는 청년, 더욱이 한쪽 팔을 잃어버려 외팔이가 된 연성걸이 두 눈을 부릅뜨며 탁자를 후려치고 있었다.

"사문이 불타 버렸다니? 그리고 생존자는 고작 꼬맹이 하나뿐이라니? 거짓말이다! 거짓말이야! 네놈이 지금 날 놀리고 있는 거야! 으아아아!"

연성걸은 한동안 하인을 두들겨 패며 마구 광기를 부렸다.

그러나 본능은 알고 있었다. 사문인 공동파가 유구한 역사를 뒤로하고 멸문당해 버렸다는 사실을…….

철없는 어린 시절부터 그에게 꿈과 포부를 안겨준 사문의 몰락은 연성걸에게 있어 하늘이 무너지는 충격이나 마찬가지였다.

신강에서 사형인 화무결이 죽을 때도 극심한 충격을 받았지만, 그땐 훼손된 용모와 잃어버린 팔, 그리고 사형의 시신을 팽개치고 홀로 도망쳤다는 자괴감이 더 컸다.

하지만 이번엔 자신의 추억이 어린, 그리고 미래의 든든한 받침목이 되어줄 사문이 송두리째 사라져 버렸다는 사실에 극도의 허탈감과 분노, 상실감과 비애를 느끼고 있는 것이었다.

"으드득! 이놈! 복수할 것이다! 내 꿈을, 내 모든 것을 앗아간 네놈에게 반드시 피눈물을 흘리게 해줄 것이다! 으아아아아아!"

그날부터 연성걸은 자기 처소에서 한 발자국도 나오지 않았다. 오로지 어떻게 해야 묵자후에게 복수할 수 있을까? 어떻게 해야 자기가 받은 그 이상으로 울분을 느끼게 해줄 수 있을까를 생각하며 황도에서 올 조부의 답신을 기다렸다.

그러던 어느 날, 드디어 조부의 답신이 도착했다.

'오만(五萬)! 오만의 군사란 말이지? 으하하하하!'

비록 부탁했던 십만은 아니었지만 오만에 이르는 병력을 통솔할 수 있다고 생각하니 마치 구름 위를 걷는 기분이었다.

물론 오만의 병력이 온다고 해서 연성걸이 직접 그들을 지휘할 수 있는 건 아니었다. 그러나 대도독인 조부의 허락이 떨어졌으니 후군도독부의 책임자인 부친과 숙부를 구워 삶는 건 일도 아니리라.

"자, 이제 이 병력을 어떻게 활용해야 놈에게 죽음보다 더한 고통과 절망을 안겨줄 수 있을까?"

연성걸은 맛있는 과자를 아껴 먹는 아이처럼 고민했다.

우선 묵자후를 비롯한 마인들은 일정한 거처 없이 복수행에 나서고 있으니 현재 어디에 머물고 있는지 알 수가 없다.

또한 아무리 조부가 대도독이라 하나 군권(軍權)과 군령(軍令)은 추상처럼 엄정하다. 그러니 정해진 시간, 정해진 기일 안에 보고한 방향으로 갔다가 되돌아와야 한다. 그렇지 않으면 구족이 몰살당할 우려가 있다.

'그럼 어떻게 한다……?'

일단 시간이 걸리더라도 마인들의 행적을 탐문하는 게 급선무다. 하지만 그건 단번에 해결될 일이 아니니 우선 맛보기라도 자신의 울분을 달랠 뭔가가 필요했다.

'나는 사문을 잃었다. 놈의 사문은 전 마도나 마찬가지이니 없는 것이나 진배없다. 나는 과거를 잃었다. 놈의 과거는 허상과 다를 바 없으니 그도 소용이 없다. 나는 사부와 사형제를 잃었다. 하지만 놈은 전 마인이 사부나 사형제 격이니 마인들을 몽땅 때려죽이지 않는 한 소용이……. 가만, 사형제라고……?

문득 묵자후를 처음 만날 때가 생각났다.

그날 마시장에서 묵자후를 만났을 때, 그리고 폐사당에서
멧돼지 고기를 나눠 먹을 때, 그리고 다음날 놈이 폐사당을
떠날 때.

"그래, 금수련! 놈은 그녀와 모종의 관계가 있다!"

그날, 자신들과 통성명할 때 금수련의 소개를 듣고 안색이
급변했다.

또한 가족이 아니면 절대 알 수 없는 그녀의 조부 이름을
알고 있었고, 그의 병세를 물은 뒤 그토록 밝히기 꺼리던 이
름마저 밝혔다.

'더욱이 놈은 폐사당을 떠날 때 그녀에게만 작별 인사를
건넸다. 그리고 언젠가 그녀 집에 들러 정식으로 인사를 드리
겠다고 했다!'

그땐 강호 초출 주제에 금수련을 보고 반했나 보다 싶어 내
심 조소를 흘렸으나 지금 생각해 보니 이상한 점이 한둘이 아
니었다.

'그렇다면?'

밑져야 본전이다.

정찰병이 놈들의 행적을 찾을 때까지 은월상단을 압박하
고 있으면 된다.

'만약 놈이 안 오면 꿩 대신 닭이라고, 금 소저를……. 흐

흐흐.'

연성걸은 최악의 경우라도 묵자후가 관심을 기울이던 금수련을 취할 수 있다는 생각에 들떠 연신 득의의 웃음을 터뜨렸다.

그날 오후.

연성걸은 숙부의 허락을 얻어 오만의 병력 가운데 일만을 추려 산서로 향했다.

제69장

눈치

魔道
天下

"히히히."

흑오는 자꾸 웃음이 났다.

공동파를 초토화시킨 뒤 주변 지역을 장악하며 세를 불리다가 차츰 이동할 준비를 갖추는 마인들.

이제 조금만 기다리면 꿈에 그리던 일을 할 수 있게 된다.

"흐흐흐."

기분이 좋다 보니 평소 심술궂은 돼지 영감탱이라고 여기던 흡혈시마의 웃음소리까지 흉내 내며 연신 뒤를 돌아보는 흑오다.

지금 흑오 뒤엔 이족 노인들이 선물로 준 백마가 푸르릉거리고 있었다. 그리고 묵자후의 애마, 삐쩍 마른 추풍이 그 옆에서 짝사랑에 빠진 눈길로 백마를 바라보고 있었다.

'이제 곧 후아랑 나란히 말을 달릴 수 있어. 헤헤.'

아단용성에서 묵자후와 나란히 서 있던 희사를 보고 얼마나 샘이 났던가. 그래서 그녀가 청해로 향하는 순간 몰래 빠져나와 이곳으로 달려왔다.

물론 그 대가로 묵자후에게 혼이 나긴 했지만 역시 따라오길 잘했다는 생각이 들었다. 그때 청해로 갔더라면 결코 이런 기회는 오지 않았을 테니.

또한 그가 말한 대로 움직이라고 이야기할 때만 움직이니 매번 그가 먼저 말을 걸어온다.

물론 귀찮아하는 표정이 조금 마음에 걸렸지만 흑오는 충분히 이해할 수 있었다. 자기가 봐도 그는 무척 바빴다. 찾아오는 사람도 많고 의논해야 할 일도 많았으며 지시해야 할 일까지 많았다.

'나 같으면 머리가 아파 마구 화를 냈을 거야. 그러니 후아 신경 쓰이지 않게 계속 움직이라고 할 때만 움직여야지.'

그렇게 다짐하며 오늘도 길 한복판에 서 있는 흑오였다.

그러다 보니 마인들은 급한 일이 있어도 그녀를 피해 빙 둘러가야 했다. 묵자후가 움직이라고 할 때까지는 정말 한 발자국도 움직이지 않는 흑오였기에.

그런데,

'윽! 이를 어째?'

최초의 위기가 닥쳤다.

묵자후가 회의하러 들어가는 바람에 아직 움직이란 말을 듣지 못했다. 그런데 쉬가 마려우니 이를 어쩐단 말인가?

'으으……. 참아야 해. 어떻게든 참아야 해.'

이를 악물며 하반신을 비비 꼬는 흑오.

그 옆에서 흑오와 비슷한 자세로 이마에 식은땀을 흘리고 있는 사람이 있었다. 흑오의 영원한 밥, 광마였다.

그는 괄약근을 오므리며 울상을 짓다가 도저히 못 참겠는지 흑오에게 말을 건넸다.

"누나, 우리 언제까지 이러고 있어야 해? 나 굉장히 급한데……."

"캇! 나도 급해. 참아. 안 그러면 쫓겨나."

"으……. 그냥… 지존 몰래 살짝 다녀오면 안 될까?"

"콱! 안 돼! 아흑!"

빽 소리를 지르다가 갑자기 안색이 흙빛으로 변하는 흑오.

하마터면 화를 내다가 옷에다 실례할 뻔했다.

"크르르. 앞으론 말 걸지 맛!"

간신히 그 말을 내뱉은 뒤 다시 온몸 비틀기에 돌입하는 흑오다.

'쳇. 자고로 오래 살기 위해서는 잘 먹고 잘 자고 잘 싸야 하는 법인데…….'

광마는 오만상을 찌푸리며 맞은편에서 한가롭게 풀을 뜯고 있는 백마를 노려봤다.

'젠장! 이제는 저놈을 들고 뛸 일이 없어서 좋다 싶었더니……'

그랬다. 광마는 이곳으로 오는 내내 백마를 어깨 위에 걸머지고 뛰었다.

혹시라도 말발굽 소리 때문에 들킬까 봐 전전긍긍한 혹오의 성화 때문이었다.

'아무튼 지존은 왜 안 나오시는 거야? 급해 죽겠구만.'

광마는 둑이 터지듯 벌어지려는 괄약근을 억지로 조이며 초조하게 묵자후를 기다렸다.

그런 두 사람 주위엔 몇 사람이 비몽사몽이 되어 쓰러져 있었다.

아직 두 사람이 누군지 알아보지 못해 길을 비키라며 으름장을 놓다가 오히려 묵사발이 난 마인들이었다.

그들의 처참한 몰골을 보고 오가던 마인들이 슬슬 두 사람을 피해 다녔다. 그로 인해 바다가 갈라지듯 두 사람을 중심으로 새로운 길이 만들어졌다.

*   *   *

묵자후는 태사의에 앉아 보고를 듣고 있었다.

그의 좌우에는 음풍마제와 무풍수라, 흡혈시마가 앉아 있었고, 그 맞은편으로 각 문파의 수장들이 시립해 있었다.

현재 묵자후가 머물고 있는 곳은 공동파의 조사전 격인 황성.

이미 공동파를 무너뜨렸으니 다른 곳으로 이동했으리라는 정파의 예상을 비웃듯 묵자후는 등잔 밑이 어둡다는 속설을 최대한 활용하고 있었다.

"…그래서 현재 익주(翼州)*와 량주(梁州)*, 옹주(雍州)*의 강호인들은 지존의 다음 행보가 어디로 향할지 촉각을 곤두세우고 있습니다. 아마 정파 놈들도 마찬가지일 것이라고 사료됩니다."

지금 보고하고 있는 사람은 장미밀원의 원주인 장미부인이었다.

장미밀원은 섬서와 산서, 하남의 중간 지점인 동관(潼關)을 중심으로 활동하고 있었다. 특히 사파와 흑도가 자주 이용하는 홍등가를 장악하고 있었기에 강호의 소문을 누구보다 빨리 접할 수 있었다.

더욱이 최근에는 이미 불타 버린 천하제일루를 대신해 관부와 재계의 정보까지 취합하고 있었기에 공동파를 무너뜨린 묵자후가 감숙 인근의 흑도와 마도를 규합하는 동안 장미부

---

* 익주:하북성 남부와 산서성 동남부 일대.
• 량주:섬서성 남부와 사천성 동부 지역.
* 옹주:섬서성 북부와 감숙, 녕하 지역.

인은 다른 지역의 동향을 취합해 묵자후에게 보고하고 있는 중이었다.

"…그리고 옹주 부근의 열다섯 개 문파가 지존께 충성을 맹세했습니다."

"음."

묵자후는 무심히 고개를 끄덕였다. 그러자 장미부인이 대전 한쪽을 향해 눈짓을 해 보였다.

그게 신호였을까.

한 무리의 인영이 대전 중앙으로 나와 앞 다퉈 묵자후에게 오체투지를 해 보였다.

"속하들이 지존을 뵙습니다!"

"지존강림, 군마앙복!"

"이 몸이 가루가 되는 한이 있더라도 지존께 충성을 맹세하겠습니다! 만세, 만세, 만만세!"

이마에 피가 나도록 바닥을 찧으며 한목소리로 외치는 열다섯 개 문파의 수장들.

묵자후는 한차례 고개를 끄덕임으로 그들의 인사를 받아넘겼다. 그리고는 장미부인을 보며 말했다.

"오늘 이후부터 합류하는 문파는 혈우검마에게 그 처리를 맡기도록."

"존명!"

나직이 말하는데도 심혼을 억누르는 묵자후의 기도에 새

로 합류한 문파의 수장들은 숨도 제대로 쉬지 못한 채 바닥에 얼굴을 파묻었다. 예상보다 더 두렵고 떨리는 기분을 느낀 때문이었다.

사실 말이 쉬워 마도지존이지 그 자리가 어떤 자린가.

손가락 하나로 십만 마도의 생살여탈권을 좌우하는 자리다.

더욱이 대전 양쪽에 시립해 있는 이들이 누군가?

아득한 과거부터 자신들의 우상이었던 초거마들이다.

그런 고수들도 묵자후와 시선을 제대로 못 마주치는데 고작 군소 흑도 방파의 우두머리에 불과한 그들이 어찌 고개를 들 수 있단 말인가. 그래서 등에 식은땀을 흘리며 처분만 기다리고 있는 열다섯 개 문파의 수장들.

그들의 사정을 짐작한 혈우검마가 묵자후에게 청해 그들 모두를 밖으로 데려갔다.

현재 묵자후에게 충성을 맹세한 세력들에 대한 관리를 혈우검마가 담당하고 있었기 때문이다.

혈우검마는 이미 마정대전 때부터 상관에 대한 충성심과 수하들에 대한 통솔력을 인정받았던 사내.

더욱이 강호를 떠돌면서 거칠기 짝이 없는 낭인들로부터 대형 칭호를 받았을 만큼 친화력이 뛰어났다. 그래서 새로 합류하는 문파에 대한 훈련과 감독, 배치 문제를 모두 그에게 일임한 것이었다.

"다음 소식으로는……."

혈우검마가 열다섯 개 문파의 수장들을 데리고 밖으로 나가자 다시 보고가 재개됐다.

"청해에 계신 마등령주께서 전서를 보내셨습니다. 아가씨께서 갑자기 사라져 버리셨으니 이를 어떻게 하면 좋겠느냐고……."

"끙……."

묵자후는 대답 대신 신음을 흘렸다.

가뜩이나 자기 허락 없이 한 발자국도 움직이지 않는 두 사람 때문에 날마다 골치가 아픈 묵자후였다.

"그 녀석 이야긴 넘어가고, 다른 소식은?"

묵자후가 이맛살을 구기며 화제를 돌리자 장미부인을 비롯한 마인들은 속으로 웃음을 터뜨렸다.

천하의 마도지존도 어린애 같은 흑오와 막무가내인 광마 앞에선 고개를 설레설레 흔드는구나 싶어서였다.

"그럼 다음 소식은 영웅성의 최근 행보입니다."

"영웅성이라고?"

"으음……."

순식간에 장내 분위기가 급변했다.

비록 지금은 공동파를 비롯한 구대문파와 싸우고 있지만 최종 목표는 누가 뭐래도 영웅성이기 때문이다.

"아직 정확한 소식은 아닙니다만, 얼마 전부터 영웅성이 강호 전체를 휩쓸고 있다는 소문이 돌고 있습니다."

"놈들이 강호 전체를 휩쓸고 있다니? 그게 무슨 소리냐?"

음풍마제가 섬뜩한 눈빛으로 물었다.

장미부인은 감히 그 눈빛을 마주하지 못하고 고개를 숙이며 대답했다.

"현재 들어온 소식으로는 놈들이 강서와 안휘를 쑥대밭으로 만들고 있답니다. 그리고 계속 강남으로 진군하고 있다는 소식이 들어오고 있습니다."

"그럴 리가 있나? 정파 놈들이 그걸 지켜만 보고 있었다는 말이냐?"

"그게… 탁군명 그자가 화산에서 축출되었답니다. 그래서……."

"뭐라고? 탁군명이 화산에서 축출되었다고?"

"으음……."

장내에 침묵이 흘렀다.

방금 장미부인이 한 말이 사실이라면 묵자후를 비롯한 마인들 입장에서는 더없이 좋은 기회가 된다. 분열된 적만큼 상대하기 쉬운 건 없으니까.

하지만 역으로 생각해 보면 앞으로 영웅성의 행보가 어디로 향할지 모른다는 단점도 생긴다.

'설령 그렇게 된다고 해도…….'

모두의 얼굴이 차츰 밝아지기 시작했다. 놈들이 어떤 행보를 취하든 구대문파와 함께 움직일 때보다는 훨씬 부담이 줄어들기 때문이다.

"드디어 하늘이 우릴 돕는 모양이구나. 흐흐흐."

먼저 무풍수라가 괴소를 터뜨리며 희색 만연한 표정을 지었다. 흡혈시마도 두툼한 살집을 출렁이며 누런 이를 드러냈다.

"크흐흐, 놈들이 우리한테 뺨을 맞더니 엉뚱하게 강남 쪽에다 화풀이를 하는 모양입니다."

"그러게 말이다. 흐흐흐."

그때였다. 두 사람의 대화를 듣고 있던 음풍마제가 신중한 표정으로 고개를 가로저었다.

"아직 속단하긴 이르다. 정파 놈들의 술수가 얼마나 간교한지 잘 알고 있지 않느냐?"

그 말에 무풍수라가 고개를 끄덕이면서도 웃는 낯으로 대꾸했다.

"그건 그렇습니다만 소문이 사실이라면 정파 놈들을 깨부수는 게 한결 수월해질 것 같습니다."

"음……."

조금 과장이 섞이긴 했으나 딱히 틀린 말은 아니었다.

뇌존이 정말 화산파에서 축출되었다면 그동안 영웅성을 속박하던 정파라는 굴레에서 벗어나 강호 패권을 추구할 확률이 높았다. 그렇게 되면 구대문파는 전력을 한군데 집중하

려 해도 그럴 여유가 없게 된다. 묵자후를 막자니 영웅성이
신경 쓰이고, 영웅성을 막자니 묵자후가 부담되기 때문이다.

'그래서 아단용성을 떠날 때 별걱정이 되지 않았던 건가?
상황이 이렇게 흘러갈 줄 알고……?'

그렇게 생각하고 마음을 놓으려 했지만 왠지 안심이 되지
않았다.

'왜 이렇게 찜찜한 기분이 들지? 내가 무얼 놓치고 있는 것
일까?'

음풍마제가 그런 생각을 하며 고개를 갸웃거릴 때였다.

"그럼 흑마련은 지금 어떻게 움직이고 있나?"

귓전으로 묵자후의 음성이 들려왔다.

음풍마제는 아! 하는 표정으로 덩달아 귀를 기울였다.

예로부터 강남은 정사 양쪽의 치열한 각축장이다.

장강과 회하, 황하, 전당강 등의 물길과 경항대운하*, 그리
고 각 항구에 걸린 이권이 상상을 초월하기 때문이다. 그래서
황실에 스며든 금소선자 양화연도 암중으로 강남에 손을 뻗
치고 있었다. 때문에 은근히 그들 간의 양패구상을 기대했으
나 돌아온 대답은 예상과는 전혀 딴판이었다.

"흑마련에 대한 소식은 아무것도 잡히는 게 없었습니다.
용서해 주십시오, 지존."

음풍마제는 그 말을 듣고 자기도 모르게 역정을 냈다.

---

* 경항대운하:절강성 항주에서 북경까지 이어진 최대 수로. 수 양제 때 착공
되었다고 알려졌으나 오나라 부차 때부터 착공이 시작되었고, 원나라 때 전체
통항이 가능하게 되었다.

"아무것도 잡히는 게 없다니, 그럴 리가 있나? 탁군명 그놈이 강남을 노린다면 욕심 많은 금소선자 그년이 가만히 보고 있진 않았을 거 아니냐? 최소한 그들과 암투를 벌였거나 최악의 경우라도 꿩 대신 닭이라며 강북 쪽을 도모하려 했을 텐데……?"

그러나 돌아온 대답은 마찬가지였다.

"죄송합니다, 어르신. 백방으로 알아봤지만 그 어디에서도 움직임이 포착되지 않고 있습니다. 속하들의 불민함을 용서해 주시길……."

"으음……."

아쉽지만 어쩔 수 없는 일이었다. 아직 과거의 정보망을 회복하지 못한 상황이라 상대의 주요 기밀이나 은밀한 움직임을 포착하는 덴 한계가 있었다.

"원주를 탓하고자 한 게 아니니 염려 말게. 그건 그렇고, 금소선자 그년이 움직이지 않았다니 이해가 되지 않는군. 혹시 기련산에서 정파 놈들과 싸우게 만든 게 의외의 충격이었단 말인가?"

음풍마제가 혼잣말처럼 중얼거리자 흡혈시마가 냉큼 끼어들었다.

"그뿐만이 아니죠. 광마 그놈과 흑오, 그리고 흑오를 따라다니는 강시들이 모두 우리 쪽으로 합류해 버렸잖습니까?"

"하긴 그도 그렇군."

음풍마제가 선선히 수긍할 때였다.

"그럼 구대문파의 움직임은 어떤가?"

묵자후의 음성이 다시 들려왔다.

음풍마제 등은 재차 장미부인의 보고에 귀를 기울였다.

"아직 확실친 않습니다만 화산 쪽으로 각 문파들이 집결하고 있는 것으로 보입니다."

"음……."

하긴 그들 입장에선 안방에서 불이 난 것과 마찬가지니 한자리에 모여 대책을 논의할 수밖에 없을 것이다.

'그렇다면 앞으로 우리 쪽과 영웅성, 흑마련과 정파 이렇게 사파전(四派戰)이 되는 것인가? 골치 아프게 됐군.'

음풍마제가 향후의 판도를 예상하며 미간을 찌푸릴 때 장미부인의 다음 보고가 이어졌다.

"그리고 산서에 가 있는 기련혈마 장오, 장 채주가 보내온 소식입니다. 며칠 전부터 산서 쪽으로 병력이 대거 집결하고 있답니다."

"산서 쪽으로 병력이?"

"예. 거의 오만에 이르는 병력이 산서에 도착했답니다."

"음? 요즘은 장성 바깥도 조용한 것으로 아는데?"

묵자후가 고개를 갸웃하자 흡혈시마가 그것도 모르냐는 듯 히히 웃으며 말했다.

"거 왜, 지난번에 우리가 공동파 속가제자 놈인가? 그놈이 데려온 군사들을 몽땅 처치해 버렸잖아? 그 일로 울화통이 터져 지 아비를 졸랐겠지, 뭐."

"아무리 그렇다고 해도 저렇게 엄청난 병력을 움직인다는 건 거의 불가능한……."

묵자후는 이야기하다 말고 돌연 눈을 빛냈다.

"혹시… 대부인이 그들을 파견한 게 아닐까요?"

순간, 음풍마제의 안색이 흠칫 굳었다.

무풍수라와 흡혈시마 역시 마찬가지였다.

"그러고 보니 일리가 있구나. 어쩐지 그년이 조용하다 싶더니만 탁가 놈보다 우리 쪽에 더 앙심을 품고 있는 것 같구나."

"음……."

묵자후가 입을 다물고 조용히 생각에 잠기자 흡혈시마가 인상을 쓰며 투덜댔다.

"젠장할 년! 앙심을 품으려면 지아비를 죽인 탁가 놈에게 앙심을 품을 것이지 왜 우리한테 화살을……."

그 말을 내뱉는 순간이었다.

"네 이놈! 감히 양화연 그 때려죽일 년과 전대 지존을 함께 거론하다니? 네놈이 내 손에 주둥아리를 찢기고 싶은 모양이구나!"

"어이쿠! 죄송합니다, 대형. 하도 울화통이 터져서 저도 모르게 그만……."

타는 듯한 음풍마제의 눈빛을 보고 흡혈시마는 후다닥 입을 다물었다.

그 모습을 보고 피식 웃던 무풍수라가 문득 생각났다는 듯 입을 열었다.

"그럼 이제 어떻게 하죠? 산서 쪽으로 대군이 모이고 있다 하니 괜히 그쪽으로 갔다간 쓸데없이 힘만 뺄 것 같은데요?"

"옳은 말이다. 우리가 뭣 때문에 그년 장단에 놀아난단 말이냐?"

그러면서 음풍마제가 묵자후를 돌아봤다.

"후아야, 네 생각은 어떠냐?"

"무슨 생각 말씀인지요?"

"방금 기련혈마가 보내온 소식 말이다."

"……?"

"그 소식을 들었으니 애초의 계획을 바꿔 화산을 먼저 치면 안 되겠느냐?"

"음……."

묵자후는 잠시 대답을 미뤘다.

방금 음풍마제가 말한 '애초의 계획'은 아단용성을 떠날 때부터 이미 결정된 사안이다.

아무래도 마도의 전력이 정파에 비해 상대적으로 열세에 있기에 집중과 선택의 묘를 취하기로 한 것이다. 즉, 최단 시간에 감숙을 접수하고 공동파를 무너뜨린 뒤 곧바로 산서를 장악한다는 것이었다. 그게 한정된 전력으로 최고의 효과를 낼 수 있는 전략이었다.

그런데 현 상황에서 화산을 먼저 치게 되면 희사가 예상했듯이 정파와의 전면전이 벌어지게 된다.

왜냐하면 지금 화산에는 구대문파에서 파견한 고수들이 모여 있고 지근거리에 종남파가 위치해 있다.

또한 장미부인이 보고했듯이 다른 문파들도 속속 모이고 있으니 천험의 요새와 같은 바위산, 화산을 접수하기란 쉽지 않다.

결국 예상보다 더 많은 시간이 소요될 것이고, 그렇게 되면 섬서와 이어진 물길을 타고 무당파와 형산파가 합류할 것이다.

뿐인가? 그들 네 문파와 대치하고 있으면 소림과 개방이 황하를 타고 넘어올 것이고, 나중에는 사천당가와 청성파가 합류할지도 모르는 일이었다.

따라서 확실한 전력을 갖추지 않은 상황에서 화산을 치게 되면 계란으로 바위 치기나 다름없는 신세가 되고 말기에 먼저 산서를 장악하고 그곳에서 세력을 불림과 동시에 수하들을 조련하기로 한 것이다.

이런 사실을 누구보다 잘 알고 있는 음풍마제가 왜 화산부터 치자고 하는지 이해가 되지 않았다.

"그게 말이다……."

음풍마제가 묵자후의 표정을 살피며 말했다.

"지금 화산을 공략하면 이런 이점이 있다. 그게 뭐고 하니……."

진중한 목소리로 자기 생각을 이야기하는 음풍마제.

역시 나이에서 오는 경험은 무시할 수 없었다. 그게 설령 산서에 있는 은월상단, 즉 묵자후의 외가 때문에, 산서 석권 이후 부모의 생사를 더욱 그리워할 묵자후를 위해 그의 발길을 최대한 늦춰보려는 의도가 있다 하더라도, 음풍마제의 설명은 나름대로 일리가 있었다. 하지만 그뿐이었다. 득보다는 실이 더 많은 계획이었다.

묵자후는 잠시 음풍마제의 설명을 듣고 있다가 조용히 입을 열었다.

"할아버지 말씀도 옳습니다만, 그보다는 산서를 먼저 차지하는 게 더 이점이 많을 것 같습니다."

"뭐, 뭐라고……?"

음풍마제가 당황한 듯 미간을 찌푸렸으나 묵자후는 담담한 표정으로 반론을 이어나갔다.

"지금 화산을 치게 되면 영웅성 때문에 전전긍긍하고 있는 구대문파가 극도로 당황할 것이라고 하셨지만, 그들과 싸우게 됨으로써 우리가 입는 피해 역시 상당할 것 같습니다. 또한 산서로 병력을 급파한 금소선자가 공황상태에 빠져 병력을 강남으로 되돌릴 것이라고 말씀하셨지만 그 부분은 장담

할 수 없을 것 같습니다. 오히려 우리 뒤를 노릴 수도 있으니까요. 마지막으로 우리가 화산을 치는 동안 영웅성이 마음 놓고 강호를 휩쓸 것이라고 말씀하셨지만, 이미 우리와 상관없이 야욕을 드러내고 있는 상황입니다."

"으음……."

묵자후의 지적에 민망한 듯 뺨을 씰룩이는 음풍마제.

여기서 조심해야 한다. 겉으로는 온화해 보이지만 화가 나면 누구도 말릴 수 없는 불같은 성질의 소유자가 바로 음풍마제였으니.

"하지만 할아버지께서 말씀하신 부분 중에 당장 적용해도 무리가 없을 멋진 계책이 하나 있어요."

"멋진 계책?"

"예."

마치 병 주고 약 주는 것 같아 자존심이 상했지만 원래 전략과 전술 쪽에는 눈곱만큼도 관심이 없는 음풍마제다.

그나마 천금마옥 탈출 시도 때 비참한 실패를 경험했기에 조금 신중해지긴 했으나 타고난 성품이 어디 간 건 아니다. 그러다 보니 사뭇 인상을 찌푸리면서도 혹시나 싶어 묵자후에게 질문을 던지는 음풍마제다.

"어떤 부분이 멋지단 말이냐?"

묵자후는 빙그레 웃으며 대답했다.

"치고 빠진다는 부분요. 그 부분을 잘 활용하면 성동격서의 계책으로는 더없이 훌륭한 전략이 될 것 같습니다."

"더없이 훌륭한 전략이라고?"

"예.

"음, 이 녀석이 내 얼굴에 금칠을 하는군. 허허."

방금 전까지만 해도 내심 토라져 있었으나, 마뇌 공손추에게 병법과 기관진학을 배워 자기보다 훨씬 똑똑할 게 분명한 묵자후가 '더없이 훌륭한 전략'이라고 치켜세워 주자 음풍마제는 마치 자신이 제갈공명이라도 된 듯 뿌듯한 표정을 지었다.

그런 음풍마제를 보고 무풍수라와 흡혈시마가 입술을 삐죽이며 뭐라고 핀잔을 건네려 했지만 묵자후가 먼저 입을 열었다.

"방금 들으셨다시피 애초의 계획대로 가되 대장로께서 말씀하신 부분을 적극 활용할 계획이오. 그러니 기련혈마에게 명해 계속 산서 쪽의 동향을 예의주시하라고 전하시오."

"존명."

드디어 모든 보고가 끝났는지 장미부인이 고개를 숙이며 자리로 돌아가려 했다. 그러다가 무슨 생각을 했는지 주저주저한 표정으로 입을 열었다.

"저어… 아뢰옵기 송구하오나… 아가씨와 호법님 문제 말인데요."

그 말이 떨어지기가 무섭게 골치 아프다는 표정으로 한숨을 쉬는 묵자후다.

"두 사람 문제는 아까 이야기하지 않았소?"

"그게 아니오라… 두 분께서 하루 종일 서 계신 자리에서 꼼짝을 않으시니 다들……."

"끙……."

뒷말은 안 들어도 뻔했다. 이미 두 사람의 행패(?) 아닌 행패에 봉변을 당한 사람이 많았으니. 오죽했으면 흡혈시마마저 말뚝처럼 서 있는 광마를 놀리다가 하마터면 이마에 금이 갈 뻔했다며 투덜댔을 정도였으니…….

"알겠소. 그들에 대해서는 내가 조치를 취할 테니 더 이상 신경 쓰지 않아도 되오."

묵자후가 한숨을 쉬며 대답할 때였다.

"아, 마침 흑오 이야기가 나왔으니 말인데……."

갑자기 음풍마제가 좌중을 둘러보며 말했다.

"모두 오늘은 이만 물러가도록 해라. 지존과 잠시 나눌 이야기가 있으니."

그러면서 축객령을 내리자 모두 고개를 숙이며 회의장을 빠져나갔다. 하지만 청개구리 같은 두 사람, 무풍수라와 흡혈시마는 천연덕스럽게 자리에 남아 있었다. 이미 그들 두 사람을 없는 사람 취급한 지 오래됐다는 걸 알고 있는 묵자후는 의아한 표정으로 음풍마제를 바라봤다.

'대체 무슨 말씀을 하시려고 모두를 물리신 것일까?'

그런 생각을 하고 있는데 음풍마제가 불쑥 질문을 던져왔
다.

"앞으로 그 아이를 어떻게 할 작정이냐?"

"예……? 누구 말씀인지요?"

"누구긴 누구야. 흑오 그 아이 말이지. 대체 언제까지 그
아이를 저렇게 내버려 둘 작정이냐?"

"아! 안 그래도 내일쯤 더 이상 허락없이는 날뛰지 말라고
타이른 뒤 풀어줄 작정입니다."

"이런 한심한 녀석. 그 이야기가 아니지 않느냐!"

"예? 그럼 무슨 이야긴데요?"

"허허……."

음풍마제는 기가 막혀 한동안 묵자후를 바라봤다.

'하긴 저 녀석에게 이런 이야길 꺼내는 내가 주책일지도
모르지.'

그러나 한 번 정도는 꼭 해야 하는 이야기다.

지존에게 후사가 없으면 마도 전체가 위험하기에, 그리고
지존은 늘 암습과 배신, 모략에 노출되어 있기에 지존의 후예
는 빠르며 빠를수록, 많이 얻으면 많이 얻을수록 좋다. 그래
야 서로 견제하며 힘을 키우다가 가장 강하고 독한 녀석이 지
존위를 승계, 십만 마도를 통치하면 되니까.

그런 관점에서 봤을 때 묵자후의 배필로는 흑오가 제격이
다.

이미 강호에 요마로 소문났을 만큼 강하고 기이한 능력을 지닌 데다 남자라고는 묵자후밖에 모르니 금상첨화인 것이다.

'게다가…….'

흑오를 아내로 취하는 순간 묵자후는 모든 마인의 염원인 천마불사지체를 이룰 수 있다.

이미 혈영노조로부터 사지가 끊어져도 죽지 않는 불사혈영신공을 배운 묵자후지만 향후의 싸움은 어느 누구도 예상할 수 없을 만큼 치열할 것이다. 그러니 가능한 한 이른 시일 안에 흑오를 취해 천마불사지체를 이루는 게 낫다.

'그러나 문제는…….'

묵자후나 흑오 두 사람 다 이성 문제에 관한 한 맹탕이라는 사실이었다.

'젠장! 흑오야 그렇다 쳐도 한창 피 끓는 나이에 색공까지 배웠다는 놈이…….'

속으로 끌탕을 쳤으나 이론은 이론일 뿐, 실전과는 하늘과 땅 차이가 나는 게 바로 남녀관계다.

'하긴 그렇게 복잡하니까 회사 그 계집애도 오매불망 후아를 그리며 애간장을 태우고 있지.'

아무튼 더 늦기 전에 묵자후와 흑오를 보다 긴밀한 관계로 엮어놓을 필요가 있다.

'그런데 어떻게 해야 저 고지식한 놈의 마음을 움직일 수 있을까?

보아하니 가장 큰 문제는 흑오의 나이가 아직 어리다는 것. 그래서 녀석이 천상의 보물을 보고도 길가의 돌멩이 취급하고 마는 것 같다.

'그래 봤자 고작 대여섯 살 차이인데 한심한 놈……. 가만, 대여섯 살 차이라고?'

두 사람의 나이를 떠올리자 한 가지 생각이 번쩍 떠올랐다.

음풍마제는 회심의 미소를 지으며 말했다.

"하긴 너한테만 이야기해 봤자 아무 소용이 없겠구나. 흑오를 불러오너라. 둘이 있는 자리에서 이야기해야겠다."

그러면서 눈치를 주자 흡혈시마가 투덜거리며 자리에서 일어났다.

그러나 시간이 지나도 흡혈시마가 돌아오지 않았다.

할 수 없이 무풍수라를 보냈다.

무풍수라 역시 돌아오지 않았다.

결국 묵자후까지 나섰다.

예상대로였다.

무풍수라와 흡혈시마가 흑오를 데려오기 위해 진땀을 흘리고 있었다.

"안 가! 안 가! 후아가 한 발지국도. 한 발자국도."

짜랑짜랑한 흑오의 목소리가 귀를 아프게 찔러왔다.

"어휴! 저 골칫덩어리."

묵자후는 한숨을 푹푹 쉬며 흑오에게 다가가 이제 움직여도 된다고 이야기했다. 그러자 반색한 표정을 지으면서도 울상이 되어 온몸을 비트는 흑오. 그러다가 어디론가 쌩하고 사라지더니 한참 뒤에 발그스름한 얼굴로 돌아왔다.

"쳇. 누나는 좋겠다. 나는 엉덩이가 터질 것 같아 죽을 지경인데……."

아직 묵자후에게 움직여도 좋다는 이야기를 듣지 못한 광마가 온몸을 비비 꼬며 부러운 눈길을 보냈다.

그제야 상황을 눈치챈 묵자후는 또 한 번 한숨을 내쉬었다.

"앞으로 볼일 같은 건 알아서들 봐. 그것까지 내가 일일이 지시할 순 없잖아."

"헤, 알았어."

묵자후와 시선을 마주치자마자 수줍게 웃으며 배시시 눈을 내리까는 흑오.

"그럼 이제 볼일을 보러 가도 됩니까, 지존?"

초조한 눈빛으로 묵자후를 바라보다가 허락이 떨어지자마자 우르릉 쾅쾅 소리를 내며 번개처럼 사라지는 광마.

그들 둘은 묵자후의 영원한 두통거리였다.

그리고 또 한 사람.

"두 사람 모두!"

흑오와 함께 대전으로 들어가자마자 들려오는 호통 소리.

"지금부터 내가 하는 이야기를 잘 새겨듣도록 해라. 특히 후아 너는 더더욱 잘 새겨듣도록 하고!"

그러면서 엄한 표정으로 장광설을 토해내는 음풍마제.

그는 묵자후의 영원한 잔소리꾼이었다.

*　　　*　　　*

"휴우……."

묵자후는 땅이 꺼져라 한숨을 내쉬었다.

요 며칠 사이에 급격히 늘어난 한숨.

원인은 당연히 흑오 때문이었다.

"헤헤. 가가(哥哥). 가가."

가는 곳마다 따라다니며 입버릇처럼 재잘대는 흑오.

"제발 그 가가 소리 좀 아껴서 쓰면 안 되겠니?"

그렇게 타일러 봤지만 전혀 통하지 않았다.

"잉. 할아버지. 명심, 명심."

전가(傳家)의 보도(寶刀)처럼 그 말로 응수하는 흑오.

"끙……."

상황이 이렇게 되어버린 이유는 음풍마제와 나눈 대화 때문이었다. 아니, 대화라기보다는 일방적인 압박이나 다름없었지만.

"후아야, 흑오는 오직 너 하나만을 보고 여기까지 따라왔다. 그러니 남자라면 당연히 책임감을 느껴야 하지 않겠느냐?"

그러면서 서두를 꺼내는 음풍마제.

"응. 맞아. 책임감. 책임감."

흑오는 무슨 말인지도 모르고 좋아라 고개를 끄덕였고.

"음, 안 그래도 이 녀석 때문에 고민하고 있습니다. 할아버지께서 걱정을 하시니 계획을 좀 더 앞당기도록 하겠습니다."

"계획이라니? 무슨 계획 말이냐?"

이상하리만치 관심을 보이는 음풍마제를 보고 내심 고개를 갸웃했지만 묵자후는 공손히 대답했다.

"예, 적당한 날짜를 잡아 이 녀석과 사제지연(師弟之緣)을 맺겠습니다."

"뭐라고? 사제지연? 말도 안 되는 소리!"

예상외로 펄쩍 뛰는 음풍마제.

"……?"

묵자후는 어리둥절한 표정으로 그를 봤다.

그러자 짐짓 헛기침을 터뜨리는 음풍마제.

아무리 세상의 법도를 무시하는 마도라지만 사부와 제자가 결혼하는 경우는 없다. 설령 있다고 해도 남들의 술안주거리가 되고 만다.

하지만 그런 속내를 드러내 놓고 이야기할 수 없으니 언짢은 기색으로 심통을 부리는 음풍마제다.

"이런 맹추 같으니! 내가 이미 저 아이를 의손녀 삼기로 했는데 네가 제자로 삼으면 배분이 꼬여 버리지 않느냐?"

"아! 그렇군요. 그런데 언제 저 녀석과 조손지연을 맺으셨습니까?"

"그건 네가 알 필요없고, 앞으로 둘이 의남매 사이로 지내도록 해라."

"의남매… 라구요?"

"그래. 이미 강호에도 그렇게 소문나 있지 않느냐?"

"음, 알겠습니다. 말씀대로 따르도록 하겠습니다."

혈영노조가 죽고 난 뒤부터, 아니, 아단용성에서 재회하고 난 뒤부터 음풍마제를 각별히 생각하는 묵자후다. 그래서 두말 않고 고개를 끄덕였으나, 의외의 변수가 발생했다.

"싫어! 난 후아 제자 할 거야!"

"뭐라고?"

"이 녀석이……?"

의남매가 무슨 뜻인지도 모르고 묵자후에게 무공을 배우던 기억을 떠올리며 고집을 부리는 흑오.

두 사람은 난감한 표정으로 서로를 봤다. 특히 음풍마제는 기가 막혀 억장이 무너질 지경이었다.

'저 바보 같은 녀석. 내가 누구 때문에 이러는지도 모르고.'

속으로 한숨을 쉬며 서둘러 흑오에게 전음을 보냈다. 묵자후와 의남매가 되면 이런저런 이점이 있다고.

"와아! 그럼 의남매 할래!"

그제야 고집을 꺾고 활짝 웃는 흑오.

당시의 풍습으로는, 외간남녀가 의남매지간이 되면 거의 연인 사이라고 보는 경우가 많았다. 그런 이야기를 들었는지 그때부터 쉬지 않고 입술을 나불거린다.

"가가. 히히히. 가가."

"왜 또?"

"가가. 가가. 가가. 가가."

"할 이야기 없으면 억지로 안 불러도 돼."

"응. 알았어, 가가. 헤헤."

"으으……."

묵자후의 한숨이 갑자기 늘어난 이유였다.

반면 음풍마제는 눈에 띌 정도로 웃음이 늘어났다.

'이제 첫 단추를 끼웠으니 앞으로는 시간이 해결해 주겠지.'

그런 생각으로 투닥거리는 묵자후와 흑오를 보며 흐뭇한 표정으로 미소를 짓는 음풍마제.

저 두 사람을 의남매지간으로 맺어주는 게 소림십팔나한과 싸울 때보다 더 힘들었다고 생각하며 날마다 뿌듯한 표정을 지었다.

"쳇, 월하노인도 아니고 오지랖도 넓으셔."

"그러게 말이야. 쓸데없이 오지랖만 넓으면 늙어서 손발이 고생한다던데⋯⋯."

물론 음풍마제의 영원한 두통거리 무풍수라와 흡혈시마는 날마다 들릴락 말락 한 목소리로 음풍마제에게 핀잔을 보냈다.

아무튼 공동파를 무너뜨린 뒤 그들의 조사전에 머물면서 감숙 인근의 흑도와 사파를 흡수하며 세력을 불리던 묵자후는, 영웅성이 움직였다는 소식과 대부인이 군사를 파견했다는 소식을 듣고 연일 회의를 벌이다가 한파가 어느 정도 수그러든 어느 날 수하들을 이끌고 공동산을 떠났다.

제70장

동요

魔道
天下

온 세상이 하얗게 물든 아침.

"끼야호!"

인적없는 강변에 느닷없는 환호성이 울렸다. 뒤이어 요란한 말발굽 소리가 파도처럼 밀려왔다.

두두두두!

밤새 쌓인 눈을 헤치며 강변을 질주하는 수천의 인마.

그중 선두에 선 사람은 흑의와 백의를 입은 일남일녀였다.

어둠의 화신인 듯 짙은 흑의를 입은 묵자후와 연보랏빛 경장을 곱게 차려입은 흑오였다.

각각 흑마와 백마를 타고 긴 머리카락을 휘날리며 강변을 가로지르는 두 사람. 마치 한 폭의 그림처럼 멋있어 보였다.

"끼야호!"

흑오는 또 한 번 환호성을 터뜨렸다. 그 서슬에 강변에 핀 매화나무가 우수수 눈꽃을 휘날렸다.

"헤헤. 예쁘다!"

흑오는 그 광경을 보고 활짝 웃음을 터뜨렸다.

지금 흑오는 매우 신이 난 상태였다.

자기 옆에서 나란히 말을 달리고 있는 묵자후.

평소에도 멋있었지만 영웅건에 피풍의를 두른 지금은 더 더욱 멋있어 보였다.

그래서일까?

흑오는 의기양양한 모습으로 좌우를 둘러봤다.

혹시 지나가는 사람이라도 있는가 싶어서였다.

만약 그런 사람이 있다면 그를 잡고 마구 자랑하고 싶었다.

지금 자기 옆에 있는 사람이 바로 후아라고. 드디어 그와 나란히 말을 탈 수 있게 됐고 가가라고 부를 수 있게 됐다고.

그런데 이놈의 강변엔 그 흔한 뱃사공조차 보이지 않았다.

'쳇.'

할 수 없이 흑오는 고개를 돌려 묵자후를 바라봤다.

"가가, 우리 어디로 가?"

"화산."

돌아온 대답은 역시나 무신경했다. 그러나 흑오는 묵자

후의 대답을 들을 수 있다는 것만으로도 너무 기분이 좋았다.

"헤헤. 화산, 화산, 화산."

그러다 보니 콧노래가 절로 나왔고,

"제발 그만 좀 따라 해."

예상대로 그의 잔소리가 날아왔다.

"히히. 알았어, 가가."

약간 서운한 마음이 들었지만 어쩌겠는가. 그의 목소리만 들어도 좋은걸.

"헤헤."

해맑게 웃는 흑오와 달리 묵자후는 오만상을 찌푸리고 있었다.

틈만 나면 가가라고 부르는 흑오.

'귀에 딱지가 앉을 지경이군.'

속으로 투덜댔으나 그리 싫은 기분만은 아니었다.

워낙 단기간에 가가라는 소릴 자주 들어서 면역이 된 걸까.

이젠 흑오가 왠지 가족 같은 정겨운 느낌이 들었다.

'가족이라……'

그 생각을 하니 문득 금수련이 떠올랐다.

금수련. 은월상단. 모친의 가문…….

묵자후의 눈빛이 잠시 아련해졌다.

'그러나!'

아직은 감상(感傷)에 빠질 때가 아니었다. 현재의 목표에
충실해야 할 시기였다

"이랴! 이랴!"

묵자후는 달리는 말에 박차를 가했다. 그러면서 생각했다.

'최대한 강하고 거친 모습으로 전광석화처럼 진격해야 한
다. 그래야 놈들이 고슴도치처럼 틀어박혀 가시를 곤두세울
테니.'

지금 묵자후가 마인들 전체를 셋으로 나눠 진격하게 만든
이유도 바로 그 때문이었다. 최대한 많은 인원으로 보임과 동
시에 어느 쪽이 주력인지 눈치채지 못하게 만들기 위해.

그래야 놈들이 맞대응에 나서는 대신 수성(守成)에 주력할
테니까.

'그렇게 놈들이 만반의 준비를 갖추고 바짝 긴장하고 있을
때……'

묵자후의 입가에 회심의 미소가 어렸다. 일명 치고 빠지기
작전. 수상개화(樹上開花)와 성동격서(聲東擊西)*의 전략을 병
행하고 있었기 때문이다.

아마 지금 화산파는 자신들의 진격을 알리는 긴급 전서구
로 한바탕 몸살을 앓고 있을 것이다. 그걸 노리고 보란 듯이
진격하고 있었으니.

하지만 놈들이 그 소식을 듣고 만반의 준비를 갖출 때 소수

---

*수상개화(樹上開花)와 성동격서(聲東擊西):꽃이 없는 나무에 조화를 붙여
화려한 모습을 보이듯 병력이 적더라도 많게 보이도록 만드는 전략과 동쪽을
치는 척면서 서쪽을 치는 전략.

만 남기고 산서로 방향을 틀 계획이었다. 그렇게 되면 놈들은 기다리다 지쳐 사기가 떨어질 테고, 그때 산서를 장악한 주력을 다시 움직이면 되니까.

상황이 그렇게 흘러가면 놈들은 산서의 지리적 위치 때문에 묵자후 일행이 하북으로 움직일지 산동으로 움직일지, 아니면 하남으로 내려와 소림사나 개방을 칠지, 그도 아니면 섬서로 다시 넘어와 화산을 칠지 몰라 전전긍긍하게 될 것이다.

'그렇게 놈들이 갈피를 못 잡고 허둥대다가 각파의 안전을 위해 전력을 분산시킬 때 전격적으로……!'

묵자후의 눈빛이 한순간 싸늘한 빛을 발했다.

* * *

같은 시각.

묵자후의 예상대로 화산은 벌집을 쑤신 듯 소란스러웠다.

"방금 뭐라고 했느냐? 놈들이 어디로 향하고 있다고?"

화산파 장문인인 벽송 진인의 목소리가 상궁을 넘어 옥녀지(玉女池)를 뒤흔들었다.

"어허! 이거 큰일 나지 않았소? 놈들이 벌써 이쪽으로 달려오고 있다니……."

"그러게 말이오. 아직 곤륜파에서 답신도 오지 않았는데."

다른 이들도 당황하긴 마찬가지였다. 시시각각 날아드는

전서구를 보고 모두 평정심을 잃은 채 우왕좌왕하기 시작했다.

그나마 모두를 진정시킨 사람은 살아 있는 소림의 전설 불마 성승이었다.

"허허, 다들 마음을 가라앉히시지요. 이미 예상했던 일이니 벌써부터 염려할 필요는 없을 것 같소. 일단 그들이 어느 경로로 얼마만큼의 인원이 오고 있는지 그것부터 파악하는 게 급선무인 듯하오만……."

"아! 그렇군요. 미처 그 생각을 못했습니다."

"그렇다면 당장 벽송 진인을 모셔와야겠군요. 그래야 놈들이 어디까지, 얼마나 왔는지 알 수 있으니."

"옳은 말씀이오. 우리가 너무 호들갑을 떨었습니다그려."

그러나 이때까지만 해도 묵자후가 보란 듯 섬서로 진격하고 있을 때였다. 그러니 섬서 경내에서 날아온 전서구는 하나같이 긴박하고 다급했다.

"현재 놈들은 세 방향에서 진격해 오고 있습니다. 놈들의 기세가 의외로 흉흉해 세세한 면모는 파악하지 못했으나, 좌, 중, 우, 그러니까 천하(千河), 경하(涇河), 락하(洛河) 순(順)으로 대략 삼천, 이천오백, 이천오백 명 정도로 파악되고 있습니다."

각파 명숙들의 요청으로 취운각에 들른 벽송 진인 앞에서 화산파의 대외 업무를 담당하고 있는 일대제자가 한 보고였다.

그 이야기를 듣고 잠시 냉정을 회복하던 좌중이 또 한 번 술렁이기 시작했다.

"허! 불과 얼마 전까지만 해도 이삼천 명에 불과하던 놈들이 그새 팔천으로 불어났단 말이오?"

"말이 쉬워 팔천이지 이거 보통 일이 아니로군요."

"관부는 대체 뭘 하고 있단 말이오? 불측한 무리가 관내를 횡행하고 있는데 왜 막지 않고 있는 거요? 일단 관병을 동원해서라도 그들을 막아야 할 게 아니오?"

"그게… 저희 쪽에서도 항의를 해봤습니다만 놈들이 워낙 불시에, 그것도 살벌하게 무리를 지어 움직이고 있으니 후환이 두려워 몸을 사리고 있는 것 같습니다."

너무 솔직한 제자의 대답에 자파의 체면이 깎였다고 생각한 것일까. 벽송 진인이 탁자를 후려치며 버럭 호통을 질렀다.

"말도 안 되는 소리! 국록을 받아먹는 이들이 가장 신경 써야 할 게 무엇이냐? 바로 국태안민(國泰安民)이 아니더냐? 그런데 후환이 두렵다고 몸을 사리다니! 안 되겠다! 내가 직접 요청하더라고 전하고 속히 관병을 파견하라 이르라."

그 말에 자기 실수를 깨달았는지 일대제자가 급히 고개를 숙이며 대답했다.

"알겠습니다. 지금 즉시 연통을 보내도록 하겠습니다."

"그리고 나가는 길에 속가제자들을 모두 불러 모아라! 순행에 나선 제자들도 모두 불러들이고 폐관에 든 이들도 모두 불러 모으도록 하라!"

"예, 속히 명을 받들겠습니다."

대답과 함께 일대제자가 밖으로 나가자 명숙들이 짐짓 감탄한 어조로 찬사를 보냈다.

"허허, 이곳에 온 이후 매일 느끼는 거지만 장문인의 일 처리가 그야말로 시원시원하십니다."

"그러게 말이오. 장문인 혼자 너무 애쓰시는 것 같아 괜히 미안해지는구려. 어떻게, 우리가 도울 일은 없겠소?"

그 말에 벽송 진인이 씁쓸하게 웃으며 대답했다.

"이미 들으셨겠지만 놈들의 전력이 의외로 상당합니다. 그러니 자파에 통지하셔서 좀 넉넉한 인원을 보내주시면 고맙겠습니다."

"그야 이를 말이오?"

"이미 통지를 보냈소이다."

여기저기서 호응의 목소리가 흘러나왔다. 그 와중에 같은 섬서에 위치해 있어 동일한 위기감을 느끼고 있는 종남파 장문인 운진자가 말했다.

"여러 문파에서 뒤를 받쳐주는 것도 좋지만 일단 놈들의 예봉을 꺾어놓는 게 더 중요할 것 같습니다. 저희 종남이 앞장설 테니 각자 선봉에서 싸울 제자들을 추려주시면 좋겠습니다.”

그러자 이제껏 침묵만 지키고 있던 청성파의 장로 월영자(月影子)가 마뜩찮다는 표정으로 말했다.

“장문인의 말씀이 옳긴 합니다만, 세 곳 중 어디가 주력인지 모르는 상황이 아닙니까? 그렇다고 세 곳 모두를 공격하면 전면전이 될 텐데, 현재 인원으로 어떻게 예봉을 꺾을 수 있단 말입니까?”

“으음, 듣고 보니 그런 문제도 있구려.”

월영자의 지적에 괜히 무안해진 운진자는 무심코 고개를 돌리다가 마침 회의실로 들어오는 적면주개와 눈이 마주쳤다.

“어이쿠! 어서 오시오, 봉 장로. 안 그래도 눈이 빠지게 기다리고 있었소이다. 어디 새로운 소식 좀 없소이까? 예를 들어, 놈들의 주력이 어느 쪽인가 하는…….”

그 말이 끝나기도 전에 적면주개가 자리에 털썩 앉으며 술 호로를 꺼내 들었다. 그리고는 벌컥벌컥 몇 모금 마신 뒤 입가를 쓱 닦으며 말했다.

“안 그래도 오기 전에 관련 정보를 모아봤습니다만 눈이 확 뜨일 만한 소식은 없더군요. 아무래도 오후쯤 되면 우리 아이들이 본격적으로 움직일 테니 그때 어느 정도 윤곽이 드러날 것 같습니다.”

“허허, 큰일이군. 그럼 우리가 초반엔 수세에 몰려 싸워야 한다는 뜻이 아닌가?"

광혜 대사의 탄식에 적면주개가 끄윽 트림을 하며 말했다.

"달리 생각하면 그게 오히려 나을 수도 있지 않지 않겠습니까?"

"음? 달리 생각한다? 흠, 하긴 그 말에도 일리가 있군."

광혜 대사가 화산의 험악한 지형을 떠올리며 고개를 끄덕였다. 그러자 종남파 장문인인 운진자가 조금 불안해하는 표정으로 말했다.

"그런데 상황이 이렇게 꼬이니 자꾸 걱정이 되는구려. 곤륜파에서 답신이 오려면 며칠 걸릴 것 같은데, 임시로라도 맹주를 세우는 게 좋지 않겠소?"

"음……."

"하긴……."

다들 고개를 끄덕였다. 목전에 적이 들이닥치고 있는 상황이니 서둘러 수장을 뽑아야 한다. 그렇지 않으면 지휘 계통에 혼란이 생겨 우왕좌왕하다가 뼈아픈 일격을 당할 수 있다.

"그렇다면 역시 성승께서……."

좌중의 시선이 자연스럽게 자신을 향하자 불마 성승은 허허 웃으며 고개를 가로저었다.

"왜 또 노납을 바라보는 것이오? 앞서 말씀하셨듯이 지금은 놈들에게 선공을 양보할 수밖에 없는 처지. 따라서 당분간은 놈들의 파상공세를 견뎌야 하니 이곳 지세에 밝으신 분을 세우시는 게 훨씬 낫지 않겠소?"

"그렇다면?"

이번에는 좌중의 시선이 벽송 진인 쪽으로 향했다.

그러나 벽송 진인 역시 고개를 가로저었다.

"제가 어찌 원로들께 함부로 진퇴를 명할 수 있겠습니까?"

"어허! 장문인마저 사양하시면 어떻게 하자는 말씀이오?"

누군가가 답답하다는 듯 언성을 높였다.

하지만 난처한 듯 모두의 시선을 외면하는 벽송 진인.

그때 불마 성승이 은밀히 그에게 전음을 보냈다.

무슨 이야기를 전한 것일까. 한참 동안 내키지 않는다는 듯
망설이던 벽송 진인이 마침내 고개를 끄덕였다.

"휴, 상황이 상황이니만큼 어쩔 도리가 없군요. 일단 본 파
가 주인 된 입장인데다 여러 명숙들께 도움을 청하는 상황이
니 사부님께 임시 맹주 직을 맡으시도록 부탁드려 보겠습니
다."

그 말이 떨어지는 순간 모두의 표정이 확 밝아졌다.

"오오! 그게 정말이시오?"

"정말 매화 산인께서 움직여 주시겠다는 말씀이시오?"

좌중이 모두 반색하는 이유.

매화 산인은 당금 강호의 최고 어른이었다. 지금 이 자리에
있는 불마 성승이나 영웅성에 가 있는 규지신개보다 반 배분
이 더 높았으니.

더욱이 그는 뇌존 탁군명이 유일하게 존경한다고 평한 사람이었다. 때문에 당분간이겠지만 영웅성을 견제하는 바람막이 역할도 해줄 수 있을 것이다.

하지만 그보다 더 중요한 이유.

매화 산인이 임시 맹주 직을 맡으면 벽송 진인이 마음 놓고 원로들을 움직일 수 있다. 사부의 명을 대신 전하는 것이라고 하면 그만이기 때문이다. 불마 성승이 벽송 진인에게 전음을 보낸 이유도 바로 그 때문이었다.

"그럼 만장일치로 통과된 것으로 하고, 이제부터 어디를 중점적으로 방어해야 할지 그에 대한 논의를 시작합시다."

임시맹주에 대한 논의가 끝나자 그때부터 각자 맡을 역할을 분담했다. 이후 화산에는 밤새도록 구대문파 제자들과 속가제자들이 모여들었다.

*   *   *

두두두두!

거친 말발굽 소리가 지축을 뒤흔들었다.

수천의 말발굽에 채여 이리저리 비산하는 흙 알갱이들.

그 사이로 누군가의 목소리가 새어 나왔다.

"전면, 좌 삼십 장. 우 오십 장. 쥐새끼들이다. 치워라!"

그 목소리가 울려 퍼지자마자 기마 속에서 수백의 인영이 솟구쳤다.

"존명!"

"손에 정을 남기지 마라!"

파라라락!

옷자락을 날리며 쏜살처럼 날아가는 인영들.

그들이 전방 좌우의 숲으로 뛰어들자마자 사방에서 처절한 비명이 울렸다.

"으악!"

"크헉!"

"들켰다! 피해!"

연이어 터져 나오는 비명과 외침.

그러나 숲 속으로 스며든 인영들이 원래의 자리로 되돌아오는 순간 숲은 죽음보다 더한 정적에 사로잡혔다.

"다시 진격!"

예의 그 목소리가 울리고 마인들은 다시 질주를 시작했다.

두두두두!

추위에 얼어붙은 땅을 헤치며 얼마나 달렸을까.

"워어!"

선두에서 달리던 흑마가 질주를 멈췄다.

뒤따르던 마인들은 일사불란한 태도로 말고삐를 움켜잡았다.

이히히힝!

푸르르!

요란한 투레질 소리가 메아리치는 가운데 누군가가 말을 몰아 높다란 바위 위로 올라갔다. 묵자후였다.

묵자후의 눈에 실타래처럼 펼쳐진 푸른 강물이 보였다.

섬서의 허리를 가로지르는 강, 위하(渭河)였다.

위하의 물줄기를 타면 화산은 반나절 거리도 안 된다. 실로 가깝지도 멀지도 않은 거리.

'이 정도가 딱 적당하지. 그래야 놈들이 고민에 빠질 테니까.'

아마 음풍마제와 무풍수라가 인솔하고 있는 쪽도 비슷한 위치를 잡았으리라. 구대문파가 쉽게 쳐들어오지도, 방관하지도 못할 위치에.

'그럼 지금부터 슬슬 진 빼기 작전에 돌입해 볼까?'

묵자후는 회심의 미소를 지으며 수하들을 돌아봤다.

"일차로 이곳에서 휴식을 취한다. 모두 야영 준비를 갖추고 경계 태세에 들어가도록."

"지존께서 야영 준비를 갖추고 경계 태세에 들어가랍신다!"

"존명!"

복명복창하는 소리가 이어지며 마인들이 일제히 하마(下馬)했다.

이제부터 놈들의 이목을 끌며 시간을 보내면 된다.

물론 놈들이 지칠 때까지 마냥 진치고 있겠다는 건 아니었다. 치고 빠지기 작전으로 간간이 놀라게 만들어줘야 더욱 긴장해서 파김치가 될 테니까.

묵자후는 내친김에 지금 당장 일차 기습을 감행해 볼까 고민했다.

바로 그때,

"지존—!"

후미에서 급박한 목소리가 들려왔다.

무슨 일인가 하여 고개를 돌리니 누군가가 전력으로 말을 달려왔다. 기련혈마 밑에 있는 노면사(怒面死)란 자로, 별호에 어울리지 않게 그의 안색이 파랗게 질려 있었다.

'무슨 일이지?'

지금 그가 있어야 할 곳은 이곳이 아니었다. 기련혈마와 함께 산서에 있어야 할 그가 왜 이곳에 나타났단 말인가?

묵자후는 왠지 심상치 않은 예감이 들어 급히 말고삐를 틀었다. 그러자 삼천에 이르는 마인들이 묵자후를 중심으로 물샐틈없는 호위진을 펼쳤다.

노면사는 그들 모두의 눈빛을 받으며 묵자후 쪽으로 달려갔다.

*　　　*　　　*

화산의 주봉인 남봉.

소나무와 잣나무로 가린 이곳 정상에 오르는 길은 단 하나 뿐이었다. 누가 만들었는지 원망스러울 정도로 가파른 수직 절벽 길이었다.

찬바람이 부는 이른 아침.

누군가가 심장 떨리는 수직 절벽 길을 오르고 있었다.

일반인이라면 추락할까 봐 기다시피 움직이겠지만 그는 마치 평지를 달리듯 빠르게 달렸다. 그리고 장공잔도(長空棧 道)라 불리는, 절벽 중간에 나무를 박고 그 위에 판자를 덧댄 위태로운 길마저 여유롭게 지난 뒤 남봉에서 가장 높은 낙안 봉(落雁峰) 정상에 이르렀다.

하얀 눈발이 쌓인 정상에는 아침 햇살을 반사하는 거대한 종(鐘)이 놓여 있었다. 그 옆으로는 비가 와도 흘러넘치지 않 는다는 못[池]이 보였다.

앙천지(仰天池)라 불리는 그곳엔 한 사람이 웃통을 벗은 채 좌선에 임하고 있었다.

균형 잡힌 체격, 호방하면서도 편안하게 생긴 얼굴. 화산파 속가제자인 목우형이었다.

그는 얼마나 오래 앉아 있었는지 상반신이 파리하게 변해 있었지만 눈을 감은 채 미동도 하지 않았다.

막 정상에 오른 인영은 그를 보고 잠시 걸음을 멈칫했다. 그리고는 한동안 입술을 깨물다가 이윽고 그에게 다가갔다.

목우형 앞에 선 인영이 말했다.

"사형, 드디어 놈들이 쳐들어오고 있대요. 그래서 속가제 자들도 모두 집합하라는 명이 떨어졌어요."

의외로 소녀의 목소리가 흘러나왔다.

익히 아는 목소린지 목우형이 감고 있던 눈을 번쩍 뜨며 물었다.

"놈들이 쳐들어오고 있다니? 그게 정말이냐, 사매?"

목우형의 질문에 새치름한 표정의 소녀, 주옥란이 고개를 끄덕였다.

"예. 무려 팔천 명이나 된대요. 그래서 전(全) 속가 문파 긴급 소집령이 떨어졌어요."

"무려 팔천 명이라고?"

목우형의 눈매가 흠칫 굳었다. 하지만 언제 그랬냐는 듯 활기찬 표정으로 중얼거렸다.

"좋아! 오히려 잘됐군! 드디어 놈들에게 복수를 할 수 있겠어!"

목우형은 서둘러 자리에서 일어났다. 그리고는 못 가장자리에 놓아둔 검을 집으며 주옥란에게 턱짓을 해 보였다.

"거기 웃옷 좀 집어줘. 바로 장문인을 찾아뵈어야겠어."

순간 목우형의 상반신에서 더운 김이 피어오르며 물기가 후두둑 떨어져 내렸다.

주옥란은 멍한 눈길로 그 모습을 바라보다가 이내 정신을 차린 듯 세차게 고개를 내저었다.

"안 돼요, 사형. 허튼 생각은 꿈도 꾸지 마세요."

"허튼 생각이라니?"

"저번에 말씀하신 거요. 선봉결사대는 안 돼요. 절대 안 돼요!"

"허! 이 녀석이?"

목우형이 장난스레 눈을 부라렸지만 주옥란은 장난이 아닌 모양이었다.

"선봉을 지원하시려면 절 베고 가세요! 그전엔 절대 안 돼요!"

"엥? 이 녀석이 갑자기 왜 이래? 사람 간 떨어지게시리."

"갑자기가 아니에요. 저번에 말씀드렸잖아요. 사형 손에 피 묻히는 게 싫다고. 사형이 다치는 것도 싫고, 만에 하나라도…… 아무튼 싫어요. 싫다구요!"

"하! 이 녀석이? 너, 나한테 관심있냐? 왜 자꾸 내 발목을 잡으려 그랫? 내가 세 살 먹은 어린앤 줄……."

"……."

'으음…….'

목우형은 계속 농담을 건네려다가 그만 입을 다물고 말았다. 눈물 그렁한 주옥란의 얼굴을 보니 왠지 가슴이 저릿했기 때문이다.

'이 녀석이 벌써 이만큼 컸나.'

목우형은 복잡한 표정으로 주옥란을 바라봤다.

지금 주옥란이 말한 선봉결사대란 과거 영웅성의 모태가 된 백의영웅단(白衣英雄團)을 가리키는 것이었다.

백의영웅단은 정파의 후기지수들이 주축이 되어 움직이는 곳.

젊기 때문에 다들 용감하고 치열했다. 서로를 의식하면서 싸우다 보니 승부욕도 강했다. 또한 어느 누구도 후퇴를 몰랐고, 심장의 피가 소진될 때까지 싸우고 또 싸웠다. 그 결과, 정사대전이 끝난 뒤 백의영웅단의 생존자는 손가락으로 꼽을 수 있을 만큼 적었다.

하지만 그들은 모두 영웅이 되었다. 죽은 이들도 마찬가지였다.

지금의 영웅성 대연무장 입구에 영웅탑이 세워진 것도 당시의 희생자를 기리기 위해서였다. 또한 영웅성이 내전(內殿)인 천추군림전과 달리, 외전(外殿)을 백의전이라고 명명한 것도 당시의 무용(武勇)을 추억하기 위해서였다.

비록 뇌존 탁군명이 영웅성 창립을 선언하고 당시의 백의영웅단을 모두 흡수해 버리는 바람에 소리 소문 없이 해체되었으나, 정파의 후기지수라면 누구나 가입하기를 꿈꾸는 곳. 그곳이 바로 선봉결사대라 불리는 백의영웅단이었다.

목우형의 소원도 당연히 백의영웅단에 가입하는 것이었다.

그런데 마침 기련산 참사 때 구대문파 장문인 대부분의 합의로 전격적인 재창설에 들어갔다. 하지만 뒤이어 부각된 무림맹주 선출과 천하 비무대회 일정 때문에 그 활동이 무기한 연기되었다가 이제 놈들이 팔천의 무력으로 쳐들어온다니 지금부터 본격적인 활동을 재개할 확률이 높았다.

기련산 참사 때는 선봉결사대에 가입하겠다고 조르다가 낙안봉 정상에서 참오하라는 사부의 꾸중을 듣고 물러난 목우형.

'이번에는 무슨 수를 써서라도 가입하고야 만다! 설령 현철중검을 반납하는 일이 있더라도……!'

그렇게 결심을 다지며 주옥란에게서 시선을 거뒀다.

'네 마음은 짐작한다만… 미안하다, 사매.'

목우형은 매정하게 등을 돌렸다. 그리고는 웃옷을 챙겨 입은 뒤 곧바로 신형을 날려 아득한 절벽 아래로 사라졌다.

"흑……."

목우형이 떠나고 나자 주옥란은 그 자리에 앉아 눈물을 흘렸다.

알다가도 모를 게 여심이라더니 자신이 바로 그 짝이다.

불과 얼마 전까지만 해도 그는 장난기 많은 큰오빠 같은 사람이었다. 그런데 언젠가부터 그가 마음속 깊이 들어와 버렸다.

'사형……'

주옥란은 눈물 젖은 시선으로 한동안 목우형이 사라진 쪽을 바라봤다. 그러다가 무심코 고개를 돌리는데 낯익은 물체가 눈에 들어왔다.

아침 햇살을 반사하는 고색창연한 물체.

주옥란은 멍하니 그 곁으로 다가갔다.

화산 속가로 입문한 이래 단 하루도 거르지 않던 동종 수련.

주옥란은 아련한 눈길로 동종을 쓰다듬었다.

뎅, 뎅, 뎅……

아득한 기억 속에서 떠오르는 소리.

"하하하! 사매, 오늘도 내가 일등이야!"

환한 표정으로 어깨를 으쓱이던 개구 진 얼굴.

그리고 또래 남자아이들에게 뒤지는 게 싫어 밤마다 홀로 절벽 길을 오를 때 남몰래 뒤따라와 추락의 위험에서 자신을 구해주던 그 얼굴.

'차라리… 차라리 그 시절로 되돌아갈 수 있다면……'

주옥란의 눈에 다시 눈물이 찰랑였다.

*   *   *

"뭐라고? 놈들이 어딜 건드렸다고?"

호위진 속에서 쨍 하는 목소리가 튀어나왔다.

그 소리가 어찌나 무시무시하던지 마인들이 고막을 틀어막으며 괴로워했다. 묵자후 옆에 있던 흑오는 너무 놀라 백마 위에서 떨어질 정도였다.

놀란 사람은 그들만이 아니었다.

"끙! 뭔 놈의 목소리가 벽력탄 터지는……. 으음!"

묵자후와 조금 떨어져 있던 흡혈시마 역시 오만상을 찌푸리며 투덜댔다. 그러나 새파랗게 변한 묵자후의 안광을 보고 급히 입을 다물었다.

"으으. 팔 없는 돼지, 무슨 일이야? 지존께서 왜 저렇게 화를 내시는 거야?"

심지어는 매사에 무관심으로 일관하던 광마조차 움찔한 표정으로 흡혈시마에게 전음을 보낼 정도였다.

"글쎄. 난들 아냐? 후아가 저만큼 화를 낼 정도면 뭔가 터져도 단단히 터진 모양인데 앞으로 일이 재미있게 돌아가겠군. 그건 그렇고, 너 왜 자꾸 나한테 팔 없는 돼지라고 부르냐? 나보다 한 살 더 먹기 전까진 형님이라고 부르랬잖아, 이 정신없는 놈아!"

무풍수라와 음풍마제가 다른 방향으로 진격하는 바람에 은근히 어른 행세를 하고 있던 흡혈시마는 자꾸 자기 머리 위로 기어오르려는 광마에게 한바탕 짜증을 부린 뒤 걱정스런 표정으로 묵자후 쪽을 바라봤다.

지금 이 자리에 있는 사람들 중 묵자후의 성격을 가장 잘 파악하고 있는 사람은 누가 뭐래도 흡혈시마다. 천금마옥에 있을 때부터 질리도록 봐왔으니.

평소 화를 거의 내지 않는 묵자후였지만 한번 폭발했다 하면 그 누구도 말릴 수 없다.

'천하의 만년오공도, 심지어는 대형이나 혈영노조조차 녀석의 고집엔 두 손을 들고 말 정도였으니…….'

그런 묵자후가 저렇게 화를 내고 있으니 앞으로 산천초목이 벌벌 떨 일이 벌어질 것이다.

'대체 어떤 머저리야? 겁없이 후아의 성질을 건드린 녀석이?'

그 의문에 답하듯 묵자후의 음성이 들려왔다.

"모두 주목! 계획을 변경한다! 각 조별로 지시에 따라 산서 쪽으로 이동할 준비를 갖추도록!"

이전과 달리 차분한 목소리였다. 하지만 그게 더 섬뜩한 기분을 느끼게 만들었다. 게다가 그 목소리는 한 번으로 끝나지 않았다.

"장미원주는 대장로께 전서를 보내라. 계획이 일부 변경됐다고. 하지만 큰 줄기는 그대로니 계속 진행하시라고. 또한 유명마곡과 사망교, 밀막 막주는 앞으로 나와 지존령을 받들라!"

'음? 지존령까지?'

흡혈시마는 내심 움찔했다. 예상대로 산서 쪽에서 일이 터진 것 같은데 설마하니 지존령까지 발동시킬 줄은 몰랐던 것이다.

하지만 놀라기는 아직 일렀다. 묵자후에게서 지존령을 발동한 것보다 더 놀라운 명이 떨어졌다.

"세 사람은 수단 방법을 가리지 말고 후군도독부를 흔들어라. 필요하다면 오독문과 잔혹방을 동원해도 좋다! 단, 그곳의 수뇌는 반드시 잡아오도록! 숨만 붙어 있으면 된다!"

"존명!"

한목소리로 허리를 꺾는 수장들을 보며 흡혈시마는 내심 경악했다.

'맙소사!'

일문의 문주도 아닌 군부, 그것도 대륙 최고의 군벌인 후군도독부를 흔들고 그 수뇌를 잡아오라니! 마도 역사상 전무후무한 명이 떨어졌다.

그런데도 지존령을 받드는 이들의 얼굴엔 일말의 두려움이나 망설임조차 없었다. 오히려 목에 힘을 주며 자랑스러워했다.

"흐흐흐, 영광스럽게도 지존께서 우리에게 특명을 내리셨다! 지금 즉시 무기를 손질하고 출발할 준비를 갖추도록!"

"으하하! 들었느냐? 지존께서 우리에게 사망의 낫을 휘두르도록 허락해 주셨다! 다들 준비는 되었겠지?"

"저 두 곳보다 느리면 죽는다! 왜냐? 우리는 지존을 위해 목숨을 내놓은 밀막이니까!"

"존명!"

"벌써 준비됐습니다!"

"이를 말씀입니까? 이미 목숨 따위는 버려둔 지 오래됐습니다!"

기다렸다는 듯 복명하며 전광석화처럼 준비를 갖추는 마인들.

그들이 바람처럼 북동쪽으로 사라지자 장미원주가 음풍마제에게 보내는 전서응을 날렸다. 곧이어 혈우검마를 비롯한 마인들이 산서로 이동할 준비를 갖췄다.

흡혈시마는 그들 모두를 보며 한숨을 내쉬었다.

'젠장, 한바탕 하는 건 좋은데, 쓸데없이 힘을 빼게 생겼군.'

흡혈시마가 떨떠름해하는 이유.

나쁜 예상은 꼭 들어맞는다고, 가뜩이나 살얼음판을 걷는 형국에 황군을 상대해야 하니 속이 상한 것이다.

'그나마 지휘부에 모여 있는 놈들은 상대하기 쉽지 무서운 건 대오를 갖춰 공격해 오는 군사들이니까……'

그리고 방금 출발한 유명마곡과 적사묘, 밀막 등은 이름만

들어도 알 수 있듯이 살업(殺業)을 전문으로 하는 문파였다.
그러니 몇만의 병력이 지키고 있다 하더라도 그들의 수뇌를
잡아오는 일은 식은 죽 먹기에 불과하리라.

'문제는 그다음부턴데, 쩝⋯⋯. 이러다가 황제가 노발대발
하면 그의 목까지 따오라고 명하는 거 아냐?'

그런 생각을 하다가 골치가 아픈 듯 머리를 설레설레 흔드
는 흡혈시마다.

'젠장! 내 머리로는 답이 안 나오는 일이니까 신경 끄자.
후아 저놈 머리가 나보다 백 배는 더 똑똑하니까 알아서 잘
처리하겠지, 뭐.'

그렇게 긍정적으로 생각하며 선두를 따라 산서 쪽으로 이
동할 때였다.

삐이익! 삐리리리릭!

갑자기 허공에서 날카로운 소리가 들려왔다.

깜짝 놀라 고개를 치켜드니 거대한 그림자가 쏜살처럼 하
강해 흑오 어깨 위로 내려앉는다.

"어이쿠! 엄청난 녀석이군! 혹시 아는 놈이냐?"

흡혈시마가 얼떨떨해하는 표정으로 묻자 흑오가 활짝 웃
으며 고개를 끄덕였다.

"응. 준갈이, 준갈이."

그러면서 반가운 듯 독수리의 목을 껴안는 흑오.

얼마 전, 아단용성에서 추위에 얼어 죽어가던 새끼 독수리

를 구해준 적이 있는데 그놈이 벌써 이만큼 큰 모양이었다.

"신기하군. 어디 가서 영약이라도 처먹었나? 몰라보게 자랐군."

그러면서 살펴보니 녀석의 발목에 낯선 헝겊이 매여져 있었다.

'뭐지?'

혹시 흑오를 여신처럼 떠받드는 준갈이 부족이 보석 같은 선물을 보냈나 싶었지만, 아니었다.

"꺄아! 그림, 그림!"

천진난만한 표정으로 팔짝팔짝 뛰는 흑오.

무슨 소린가 싶어 다가가 보니 과연 기이한 그림과 글씨가 잔뜩 적혀 있었다.

필유곡절(必有曲折)이라, 준갈이 부족이 아무 생각 없이 저걸 묶어 보냈을 리 없다. 그래서 흑오에게 헝겊을 빌려달라고 한 뒤 모두를 향해 활짝 펼쳐 보였다.

"누구 이거 해석할 수 있는 사람?"

안타깝게도 마인들 중엔 어느 누구도 해석할 수 있는 사람이 없었다.

"젠장! 뭔가 적어 보내려면 알아볼 수 있게 만들 것이지 이게 뭐야? 우릴 도우러 오겠다는 거야, 아니면 예전처럼 군사들이 쳐들어왔단 거야? 도대체 알 수가 없군. 내가 그려도 이것보단 낫겠다. 염병!"

투덜거리며 헝겊을 되돌려주는 흡혈시마.

거기엔 스님 복색을 한 몇 사람과 말 탄 병사들이 그려져 있었다. 그리고 사방에 화염이 이글거리는 가운데 그들 앞쪽으로 미로처럼 꼬불꼬불한 길이 그려져 있고 그 끝에 악마처럼 생긴 문양이 그려져 있었다.

왠지 모르게 섬뜩한 느낌을 안겨주는 그림.

그 그림 아래엔 빼곡한 글씨도 쓰여 있었다.

묵자후에겐 실로 중요한 정보였으나 준갈이 부족이 통역 겸 수행원으로 붙여준 이들은 흑오가 몰래 이곳으로 도망치는 바람에 희사를 따라 청해에 가 있었다. 그러니 이 그림이 무슨 의미를 지니고 있는지 아는 사람은 아무도 없었다. 단지 흑오만 스님 복색의 그림을 보며 고개를 갸웃거리고 있었다. 뭔가 알 듯 말 듯한 기분이 든 때문이었다.

하지만,

"아, 뭐 해? 후아는 벌써 저만치 가고 있는데 그 천 쪼가리 들여다보면서 밤샐 거냐?"

옆에서 흡혈시마가 핀잔을 건네는 바람에 화들짝 놀라 급히 말허리를 박차고 말았다.

결국 준갈이 부족이 보낸 서신은 모두의 기억에서 금방 잊혀져 버렸다. 그리고 눈 쌓인 강변에는 산서로 이동하는 마인들의 말발굽 자국만 선명히 찍혀 있었다.

　　　　*　　　*　　　*

휘이잉……

찬바람 부는 능선.

수백 쌍의 눈길이 강물을 노려보고 있었다.

저마다 긴장한 표정.

얼마나 오랫동안 그렇게 있었는지 모두의 옷과 머리카락, 검갑엔 하얀 서리가 내려앉았다.

전원 매복 상태.

게다가 하나같이 젊은 무인들이었다.

"왜 안 와. 기다리고 있는데……."

그들 중 누군가가 짜증스런 목소리로 중얼거렸다.

벌써 이곳에서 기다린 지 이틀.

아무리 기다려도 목표가 나타나지 않고 있었다.

개방에서 보낸 전언에 따르면 이틀 전에 이미 저 강변 끝에 다다랐다고 들었는데…….

"혹시 우리가 매복하고 있다는 사실을 눈치챈 게 아닐까요?"

종남파 후기지수 중 한 사람이 물었다.

"글쎄요. 듣기로는 광오하기 짝이 없는 놈들이라 했습니다. 그들 자존심에 우리가 매복하고 있다고 해서 피해갈까요?"

소림 속가제자 중 한 사람이 그 말을 받았다.

"그건 그렇습니다만, 이해가 안 되는군요. 얼마 전까지만 해도 천하를 삼킬 듯 달려오더니 갑자기 왜 소식이 없는 걸까요?"

"그러게 말이오. 이러다가 오늘도 허탕 치는 게 아닐까 걱정이 되오."

"……"

주위에서 두런거리는 소릴 들으며 목우형은 안개 낀 강물을 바라봤다.

무심히 흐르는 강물…….

실제로 싸움이 벌어지면 저 강물 위로 얼마나 많은 피가 흐르게 될까.

'설령 내 피로 저 강물을 채운다 해도 절대 물러서지 않겠다!'

목우형이 그렇게 다짐하는 이유.

지금 그의 등 뒤로 주옥란을 비롯한 화산 속가제자들이 은신하고 있기 때문이다.

그날, 남봉을 내려와 사부인 소요선옹 대신 장문인인 벽송진인을 찾은 목우형은 현철중검을 반납하면서까지 선봉결사대에 속하고 싶다고 고집을 부렸다.

현철중검은 만약의 사태를 대비한 속가 장문인의 징표.

당연히 벽송 진인이 허락할 리 없다.

하지만 일이 공교롭게 되느라고 그때 다른 문파 장문인들이 벽송 진인을 찾아왔다.

그들 앞에서 화산의 기개와 멸사봉공을 외친 목우형.

결국 벽송 진인은 다른 문파 장문인들의 눈치와 화산의 자존심 때문에 어쩔 수 없이 고개를 끄덕이고 말았다.

그렇게 목우형이 허락을 받아내자 이번에는 주옥란이 나섰다.

여자라고 안 된다며 혼을 내도 울며불며 애원하다가 급기야는 스스로의 목에 칼까지 들이대는 주옥란의 고집을 어찌 감당할 수 있으랴.

마침내 두 사람 모두 백의영웅단에 속하게 됐고, 목우형은 소림 속가제자 중 가장 강하다고 알려진 소림신룡 장화린과 함께 부단주 직을 맡게 됐다.

그러나 아직 맹주가 정식으로 취임하지 않았기에 단주 직은 공석으로 비워두었고, 임시로 청성파 장로인 월영자가 이들을 통솔하고 있었다.

지금 이들이 맡은 임무는 마인들의 기세를 꺾음과 동시에 본진이 전열을 갖출 수 있도록 시간을 버는 것.

그런데 이틀 전에 조우했어야 할 마인들이 나타나지 않자 모두 심신이 지쳐갔다.

결국 소림신룡 장화린이 좌중을 둘러보며 말했다.

"도저히 안 되겠소. 이렇게 막연히 기다리다간 싸워보기도 전에 심력이 고갈되어 버릴 것이오. 일단 본진에 연락을 취해 놈들의 행방을 다시 한 번 확인해 봐달라고 요청하는 게 좋을 것 같소."

바로 그때였다.

"전언이오! 상부에서 긴급 전언을 왔소! 놈들이 오늘 새벽 낙하(洛河)를 타고 철검문을 덮쳤다고 하오!"

"뭐라고요?"

"철검문을 덮쳤다구요?"

모두 아연한 표정으로 개방 제자를 처다봤다.

그가 말한 낙하는 이곳과 정반대 방향이었다. 게다가 철검문은 화산파에서도 무시하지 못하는 초절정고수 사자철검 하후패가 문주로 있는 곳이다.

"결과는? 결과는 어찌 되었다고 합니까?"

누군가가 기대 어린 표정으로 물었다.

"안타깝게도… 하후 대협을 비롯한 철검문 전원이……."

"맙소사!"

"그럼 놈들의 진로는 본 문을 향하고 있겠구려?"

목우형이 다급한 표정으로 물었다. 그러나 개방 제자는 의외로 고개를 내저었다.

"그건 아니오. 놈들이 철검문을 덮친 뒤 곧바로 철수했다고 합니다."

"그럴 리가? 철검문과 화산파는 거의 지척인 걸로 아는데?"

장화린이 의아하다는 표정으로 물었다.

"그것까진 제가 알 수 없고, 일단은 위하와 낙하의 접점 지역으로 이동하라는 전갈이오."

"으음……."

"그럼 놈들이 이쪽으로 온다는 건 잘못된 정보였단 말이오?"

"글쎄요. 듣기로는 놈들이 갑자기 종적을 감춰 버렸다고……."

"음……."

다들 고개를 갸웃했지만 별다른 도리가 없었다.

"할 수 없구려. 위에서 지시를 내렸다니 일단 낙하 쪽으로 이동합시다."

"그럽시다."

그렇게 허탕만 치고 낙하 부근으로 이동한 후기지수들.

그러나 낙하에 이르니 또 다른 전언이 도착해 있었다. 이번에는 경하(涇河) 쪽에 마인들이 나타났다는 연락이었다.

"으드득! 놈들이 우릴 놀리려고 성동격서의 계책을 쓰는 모양입니다."

모두들 이를 갈며 허탈해했다.

그러나 어쩌겠는가. 음풍마제와 무풍수라가 나타났다니 넋 놓고 있을 수만은 없다.

결국 후기지수들은 이리 뛰고 저리 뛰며 신경을 곤두세우다가 차츰 심신이 지쳐 가기 시작했다.

하지만 이런 경우를 대비해 속가제자 위주의 후기지수들만 내보냈으니 화산파에 모여 있는 구대문파 주력들까지 지친 건 아니었다.

그러나 묵자후가 세운 계획대로 음풍마제와 무풍수라가 간간이 기습을 펼치는 바람에 화산에 모여 있던 구대문파 고수들은 마인들의 대대적인 공격이 언제 시작될지 몰라 촉각을 곤두세우며 바짝 긴장하기 시작했다.

제71장

은월

魔道

天下

묵자후가 산서로 방향을 틀기 사흘 전.

연성걸은 휘하 병사들과 함께 은월상단으로 향했다.

철컥철컥······.

갑주의 쇠미늘 부딪치는 소리가 마음을 들뜨게 만들었고,
겁에 질려 우르르 물러서는 백성들의 표정이 기분을 우쭐하
게 만들었다.

'좋군. 이런 기분.'

연성걸은 내심 우쭐함을 느끼며 쾌재의 미소를 지었다. 말
이 쉬워 일만 군사지 이 위세라면 천하제일인도 두렵지 않을
것 같았다.

'아니지! 방심하면 안 돼! 그때도 방심하다가 당했잖아!'

물론 지금은 그때와 상황이 백팔십도 다르다.

그때는 머나먼 오지, 신강에서 묵자후의 종적을 찾아 헤매느라 병사들이 너무 지쳐 버렸다. 그리고 뼛골 시린 사막 한가운데서 진법에 홀리는 바람에 피해가 컸다.

하지만 지금은 안방이나 마찬가지인 산서. 게다가 묵자후와 직접 싸우는 게 아니라 금수련과 그 가족을 납치하기만 하면 된다.

'설령 놈이 정말 그 집안과 관련이 있어 광분한다 치더라도 무시하면 그만이다. 금 소저와 그 가족들을 오만 군사가 진치고 있는 본영으로 끌고 간 뒤 혼자 오라고 하면 제까짓게 어쩔 거야? 흐흐흐.'

연성걸은 속으로 웃음을 터뜨렸다. 이제 곧 묵자후를 유인함과 동시에 금수련을 차지할 수 있다는 생각을 하니 십 년묵은 체증이 뻥 뚫리는 것 같았다.

그렇게 득의만만한 표정으로 한참을 가니 저 멀리 은월상단의 정문이 보였다.

마차 대여섯 대는 한꺼번에 드나들 수 있을 것 같은 넓은 대문.

그 너머로 수십 채의 고루거각이 줄지어 늘어서 있었다.

연성걸은 한동안 은월상단을 바라보다가 휘하들을 향해 명을 내렸다.

"나라의 재물을 빼돌린 간악한 상인의 집이다! 단 한 놈도 빠져나가지 못하게 포위하고 도부수들은 당장 저 문을 때려 부숴라!"

"저 문을 때려 부수랍신다!"

"와아아!"

복명복창 소리와 함께 병사들이 함성을 지르며 달려갔다.

그런데,

"이놈들! 당장 그 자리에서 걸음을 멈춰라!"

어디선가 쩌렁쩌렁한 호통이 들려왔다. 동시에 은월상단 주변에 있는 다루와 객잔, 그리고 포목점 등에서 수백 명의 괴한이 나타났다.

"어라? 저놈들은 뭐야?"

"황명을 수행하는 중이다! 목을 베기 전에 썩 물러가지 못할까?"

가장 앞서 달려가던 도부수들이 눈을 부라리며 소리쳤다. 하지만 그들의 으름장은 곧 섬뜩한 비명으로 바뀌어 버렸다.

쉬익!

"으아악!"

괴한들 사이에서 흰 빛이 번쩍이자 도부수 중 십여 명이 선 자리에서 목 잃은 시체가 되어버린 것이다.

'……!'

실로 눈 깜짝할 사이에 벌어진 일이었다. 게다가 어느 누구도 예상치 못한 일이었기에 병사들은 자기도 모르게 걸음을 멈칫했다.

그러나 한두 명도 아닌 무려 일만에 달하는 병사들이 운집해 있는 상황.

"저런 쳐 죽일 놈들!"

"다들 왜 우물쭈물거리고 있느냐? 당장 저들을 베어 황법의 지엄함을 알려라!"

등 뒤에서 장수들의 호령이 터지자 병사들이 함성을 지르며 일제히 달려나갔다. 실로 광풍 같고 노도 같은 기세였다.

그러나 괴한들은 의외로 대담했다.

"오냐, 이놈들! 그렇게 죽고 싶단 말이지?"

"크흐흐, 오랜만에 피 맛 좀 보겠구나!"

"모두 덤벼라! 단칼에 목을 따주마!"

그렇게 흉소를 터뜨리며 군사들과 맞부딪쳐 나갔다.

카카캉!

"으악!"

"커헉!"

곧 양쪽은 요란한 소음을 내며 병장기를 휘둘렀다.

피가 튀고 살점이 날고 사방에서 비명이 새어 나왔다.

그러나 말이 쉬워 일만 대군이지 머릿수 차이가 너무 많이 났다.

또한 넓은 들판이 아닌 좁은 공간에서 맞부딪쳤으니 제대로 움직일 만한 공간도 확보되지 않았다. 그로 인해 괴한들이 짚단처럼 병사들을 베어 넘겼으나 그들의 시신도 차츰 늘어났다.

결국 괴한들 중 누군가가 급히 목소리를 쥐어짜 냈다.

"채주, 중과부적입니다! 이대로는 승산이 없습니다!"

그렇게 외치는 순간에도 수십 자루의 창이 전신을 파고들었다.

"이런!"

헛바람을 집어삼키며 급히 허공으로 신형을 뽑아 올리는 사내.

하지만 그는 곧 사지를 축 늘어뜨리며 지면으로 추락하고 말았다. 저 뒤에서 궁수들이 쏜 화살을 맞고 고슴도치 신세가 되어버린 것이었다.

그는 안간힘으로 다시 일어서려 했지만 어디선가 날아온 도끼에 목이 뎅경 잘려 버리고 말았다.

미처 감지 못하고 바닥을 구르는 그의 시선이 향한 곳. 그곳엔 범상치 않은 기도의 장한이 서 있었다.

부리부리한 눈에 장비를 연상케 만드는 수염. 기련혈마였다.

기련혈마 좌우엔 독사처럼 생긴 사내와 근육질의 장한이 서 있었다. 독사검과 대력귀라 불리는 자들이었다.

그들은 모두 묵자후의 명을 받고 암암리에 은월상단을 보호하고 있는 중이었다. 그런데 갑자기 중무장한 병사들이 몰려와 어쩔 수 없이 정체를 드러낸 것이었다.

'으음…….'

기련혈마는 피투성이가 되어 죽어가는 수하들을 보며 내심 탄식성을 흘렸다.

마음 같아서는 당장 수하들을 철수시키고 싶었다. 그러나 후퇴를 명하는 대신 장내의 상황을 주시했다. 다른 이의 명도 아닌 지존의 명을 수행하고 있었기에 전원이 몰살당하는 한이 있더라도 절대 물러설 수 없었던 것이다.

'그런데…….'

한순간, 기련혈마의 뇌리에 묵자후가 왜 자신들을 이곳으로 파견했을까 하는 생각이 들었다.

은월상단…….

아무리 기억을 더듬어봐도 자신들과 특별한 거래 관계가 있는 곳이 아니었다.

'그렇다면?'

지존과 사적인 관계가 있을 확률이 높았다.

'지존과 사적이 관계가 있다면?'

가장 중요한 건 상단주 가족의 신변 보호가 아닐까?

그런데 이렇게 일만 대군과 싸운다고 해서 그들의 신변을 보호할 수 있을까?

"안 되겠다! 노면사!"

기련혈마는 급히 자기 앞에 있는 노면사를 불렀다.

*   *   *

예로부터 섬서 사람들은 산서 사람들을 가리켜 '구모구(九毛九)*'라고 불렀다.

같은 황토고원을 끼고 있지만 산서 사람들이 계산에 더 빠르고 현실적이라는 뜻이었다.

실제로도 대륙을 움직이는 상인들은 대개 산서 상인들 아니면 안휘 상인들이었다. 후대에 진상(晉商)이니 휘상(徽商)이니 하는 명칭도 바로 산서 상인과 안휘 상인들을 일컫는 것이었다.

그만큼 이재(理財)에 밝은 산서 상인들 가운데 은월상단은 다섯 손가락 안에 드는 상단이었다.

그들의 주력 업종은 우마교역(牛馬交易).

쉽게 말해 소와 말을 사고파는 업종으로, 군부와는 떼려야 뗄 수 없는 관계였다. 당연히 산서의 병권을 총괄하고 있는 후군도독부와도 꽤 가까운 사이였다.

당대 은월상단의 단주인 금건건(琴乾乾)이 그를 지칭하는 태평대인(太平大人)이란 외호처럼, 일만에 달하는 병사가 이

_____
*구모구(九毛九):구전에서 구푼까지 따질 정도로 물건 가격을 잘 깎는다는 뜻.

쪽으로 오고 있다는 총관의 보고를 받고도 태평한 이유가 바로 그 때문이었다.

하지만 병사들의 기세는 삼엄하기 짝이 없었고 그들을 인솔하는 장수들 대부분이 낯선 자들이었다.

"이게 무슨 일이냐? 통지도 없이 왜 군사들이 이쪽으로 오고 있단 말이냐?"

뒤늦게 금건건이 다급한 표정을 지었으나 파리한 안색으로 떨고 있는 각 지점의 책임자들이 제대로 된 대답을 내놓을 리 없다. 기껏 나오는 대답이라고 해봐야,

"혹시 지난봄에 납품한 군마(軍馬) 쪽에 문제가 생긴 게 아닐까요?"

"아니면 혹시 건초 쪽에 문제가……."

이처럼 들으나마나 한 대답이 전부였다.

"이런 바보들 같으니! 그럴 리가 없지 않느냐? 우리가 군부와 거래를 한두 번 한 것도 아니고, 그런 일로 군사들을 출동시킨다는 건 말이 안 되지 않느냐?"

금건건이 화난 얼굴로 모두를 닦달할 때였다. 갑자기 회의실 문이 열리더니 한 사람이 뛰어들어 왔다. 총관이었다.

"다, 다, 단주님! 크, 큰일 났습니다! 병사들이 우리더러 역적이랍니다! 나라의 재물을 빼돌렸답니다!"

회의실로 들어오자마자 사색이 되어 울부짖는 총관.

"뭐라고? 어떤 놈이? 어떤 놈이 감히 그런 망언을?"

금건건이 깜짝 놀라 소리쳤으나 돌아온 대답은 실로 충격적이었다.

"지휘관입니다! 새파랗게 젊은 작자인데 그가 병사들에게 말하는 걸 들었습니다. 우리더러 나라의 재물을 빼돌린 간악한 상인이라고⋯⋯."

"그, 그럴 리가! 그럴 리가⋯⋯!"

금건건은 망연자실한 표정으로 자리에 털썩 주저앉고 말았다.

마른하늘에 날벼락도 유분수지, 나라의 재물을 빼돌렸다니!

너무 억울했다.

그러나 다른 사람도 아닌 중무장한 군사, 그것도 일만 대군을 거느린 장수의 입에서 나온 말이라고 했다. 그렇다면 결코 허언이 아닌 명부(冥府)의 최종 판결이나 마찬가지인 상황이다.

"이 일을, 이 일을 어찌하면 좋단 말인가?"

이제 금건건은 아무 생각도 할 수 없었다. 그저 끝장이라는 단어만 입 안을 맴돌았다.

그때 몇 사람의 발자국 소리가 들려왔다.

벌써 군사들이 들이닥쳤나 싶어 떨리는 눈으로 고개를 돌리니 아니었다. 자녀들이었다.

그중 장녀인 금수련이 다급한 표정으로 말했다.

"아버지, 서둘러 몸을 피하셔야 할 것 같아요! 군사들이 막 무가내로 사람들을 죽이고 있어요! 일부는 벌써 본가 안으로 들이닥쳤대요!"

"뭐라고?"

금건건은 또 한 번 하늘이 무너지는 기분을 느꼈다.

그는 한순간 십 년은 늙어버린 것 같은 눈으로 천장을 바라봤다. 그리고는 한숨을 푹 쉬며 허탈한 표정으로 말했다.

"이 상황에서 피하면 어디로 피한단 말이냐? 벌써 장원은 몇 겹으로 포위되어 있을 테고 호장무사(護莊武士)들은 겁에 질려 꼼짝도 하지 않을 것인데……"

그러면서 뭐라고 말을 이으려는 찰나,

"저희가 도와드리겠습니다."

등 뒤에서 낯선 목소리가 들려왔다.

"저희라니? 헉! 그대들은 누구요?"

마치 환영처럼 나타난 괴한들.

그들은 하나같이 무시무시한 기도를 풍기고 있었다. 특히 유리알처럼 번들거리는 눈빛을 보니 가슴이 철렁 내려앉는 기분이 들었다.

평소 강호인들과 왕래가 많아 웬만한 무인쯤은 안중에도 두지 않는 금건건이었으나 이들은 달랐다. 저마다 강자의 기도를 풍기고 있었으며, 전신에 야수와 같은 광포한 기운이 흐르고 있었다.

'으으… 어디서 이런 자들이……'

금건건이 내심 경악하고 있을 때, 괴한들 중 누군가가 앞으로 나섰다. 기련혈마였다.

그는 금건건을 향해 정중히 포권을 취하며 말했다.

"이미 소저께 말씀드렸습니다만, 우리는 대인과 대인 가족의 안전을 위해 파견되었습니다. 상황이 급해 자세한 사정은 나중에 말씀드릴 테니 일단 저희를 믿고 함께 동행해 주시면 고맙겠습니다."

그 말에 금건건이 흠칫 놀라 주춤주춤 뒤로 물러났다.

"…믿고 동행해 달라니? 무엇을 믿고 어디로 동행하자는 말이오?"

불안과 공포에 떨며 질문을 던지는 금건건.

기련혈마는 대답 대신 맞은편 벽을 향해 장력을 내뿜었다.

투쾅—!

요란한 굉음을 내며 통째로 날아가 버리는 회의실 벽면.

금건건을 비롯한 은월상단 식솔들이 뜨악한 표정을 짓는 순간 자욱한 먼지를 뚫고 처절한 비명이 들려왔다.

"으악!"

"끄으윽!"

산산이 부서진 벽면, 그 너머에서 끔찍한 광경이 벌어지고 있었다.

수천의 병사에게 둘러싸인 백여 명의 괴한.

그들이 반원형의 진세를 이뤄 병사들의 진입을 막고 있었다.

뚫고 들어오려는 병사들.

그걸 막으려는 괴한들.

개개인의 무위는 괴한들 쪽이 압도적으로 강했다. 그러나 머릿수에 있어 현격한 차이가 났다. 게다가 괴한들을 향해 소나기처럼 날아오는 화살세례.

'……!'

소름이 돋았다.

일 검으로 수십 명의 목을 베던 괴한이 수십 발의 화살을 맞고 사지를 떨며 죽어갔다.

철추를 빙빙 휘두르며 병사들을 으깨던 괴한이 창에 찔려 무릎을 꿇었고, 그의 머리 위로 수십 자루의 도끼가 떨어졌다. 그럼에도 불구하고 괴한들은 어느 누구도 비명을 지르지 않았다. 그 침묵의 죽음이 공격하는 이들이나 지켜보는 이들로 하여금 섬뜩한 전율을 느끼게 만들었다.

"저, 저 사람들은 누구요?"

금건건이 턱을 덜덜 떨며 물었다.

기련혈마가 담담히 대답했다.

"저와 함께 온 수하들입니다."

"……!"

금건건은 자기도 모르게 눈을 휘둥그레 떴다.

호장무사들도 모두 도망치고 없는 마당에 느닷없이 나타나 병사들을 대신 막아주고 있는 괴한들.

까닭 모를 격정이 치밀었다.

"무엇 때문에? 대체 무슨 이유로 목숨을 버리면서까지 우릴 돕는단 말이오?"

대답은 의외로 간단했다.

"명을 받았기 때문입니다."

"그 명이란 게 누가, 무엇 때문에 내렸다는 것이오?"

순간, 기련혈마가 한 손을 내뻗었다.

파앗!

세찬 파공음을 동반하며 날아오던 화살이 그의 손 안으로 빨려 들어갔다.

"이젠 놈들이 강노(强弩)까지 동원하는군."

중얼거리는 기련혈마의 손이 피범벅으로 변해 있었다. 그만큼 막강한 위력을 발휘하는 화살이 바로 쇠뇌라 불리는 강노였다.

기련혈마는 놀란 눈으로 바라보는 금건건에게 별일 아니라는 듯 피식 웃어 보인 뒤 좀 전의 질문에 대답하는 대신 반문을 던졌다.

"대인께서 보시기에 우리 아이들이 얼마나 버틸 수 있을 것 같습니까?"

'……!'

지금 대화를 나누고 있는 순간에도 서너 명의 괴한이 고슴도치 신세가 되어 죽어가고 있었다.

그런데 이런 한가한 질문이라니?

금건건은 기련혈마가 사람처럼 보이지 않았다.

"그, 글쎄요……."

왠지 오싹한 기분이 들어 대답을 흐리는데, 그에게서 뭐라 형언키 어려운 목소리가 흘러나왔다.

"이각입니다. 그 안에 떠나지 못하면 우리도 이곳에서 뼈를 묻게 될 것입니다."

"아……!"

그제야 금건건은 기련혈마의 의중을 이해할 수 있었다.

구구절절 사연을 설명하기 시작하면 도망칠 시간이 줄어든다는 뜻!

그래서 수하들이 죽어가고 있는데도 자신의 결단을 재촉하고 있는 것이다.

"으음, 알겠소!"

결국 금건건은 고개를 끄덕였다. 설령 이들이 무슨 의도로 자신을 데려가려고 하는지 몰라도, 저렇게 남을 위해 목숨을 던질 정도라면 나중에 악마와 손을 잡았다는 후회를 하는 한이 있더라도 믿고 따를 수밖에 없다는 생각이 들었다.

"그런데… 문제가 있소."

"……?"

"부친께서 노환을 앓고 계시기에 나는 떠날 수 없을 것 같소. 대신 우리 아이들을 부탁하오."

"아버지……?"

"아버지께서 안 떠나시겠다면 저희도 떠나지 않겠습니다."

금수련을 비롯한 자녀들이 울상이 되어 발을 굴렀다.

그런 자녀들을 보며 처연한 표정으로 고개를 젓는 금건건.

하지만 문제는 간단히 해결되고 말았다.

"노대인의 상세가 그러시다면 저희가 그분을 업겠습니다."

"예에?"

전혀 예상치 못한 발언이라 금건건이 눈을 휘둥그레 떴다. 그러나 기련혈마는 무심한 표정으로 그를 재촉했다.

"말씀드렸다시피 시간이 없습니다. 대인께서 먼저 앞장을 서십시오. 그래야 한 사람이라도 더 구할 수 있을 것 같습니다."

"아, 알겠소. 그럼 내당부터 들릅시다. 그곳에 아버님과 내 자가 기다리고 있을 테니……."

금건건은 홀린 듯 회의실을 나섰다.

금수련을 비롯한 자녀들이 그 뒤를 따랐다.

그 와중에도 병사들의 함성과 비명이 고막을 얼얼하게 만들었고, 쏟아지는 화살비 속에 괴한들이 소리없이 죽어가고 있었다.

*　　　*　　　*

　"으아아! 이 등신 같은 것들! 그걸 지금 보고라고 하고 있
는 거야?"

　연성걸은 발 앞에 무릎을 꿇은 휘하 백호장들을 향해 마구
분통을 터뜨렸다. 금수련을 비롯한 은월상단 식솔들이 모두
도망쳤다는 보고를 접한 까닭이었다. 하지만 마음 한편으로
는 드디어 꼬리를 잡았다는 생각이 들기도 했다.

　'틀림없다! 분명 그놈의 수하들이야!'

　무려 일만에 달하는 군사들의 포위망을 뚫고 달아난 괴한
들, 아니, 고작 사백 명에 달하는 인원으로 앞을 가로막은 자
들.

　아무리 생각해도 묵자후를 따르는 마인들이 틀림없는 것
같았다. 하나같이 괴이무쌍하면서도 잔인독랄한 무공을 펼
쳤으니.

　'그럼 이제부터 놈을 유인하는 건 식은 죽 먹기겠군.'

　물론 그전에 금수련을 비롯한 은월상단 식솔들의 신병부
터 확보해야 한다.

　"놈들이 어느 방향으로 도주했느냐? 그 부근을 중심으로
천라지망을 펼쳐라! 관부에도 통지를 보내고 언가장에 협조

를 구하라! 놈들을 발견하는 즉시 신호를 보내도록 요청하란 말이야!"

연성걸은 휘하 장수들에게 연이어 명을 내린 뒤 마인들의 종적을 찾았다는 신호가 오기를 눈 빠지게 기다렸다.

*   *   *

"흠……. 갑자기 군사들이 몰려오고 정체불명의 고수들이 그 앞을 가로막음과 동시에 태평대인의 가족과 함께 포위망을 빠져나갔단 말이지?"

은월상단이 저 멀리 보이는 삼 층 규모의 찻집.

누구나 길을 걸으며 한 번쯤 스쳐 본 것 같은 평범한 외모의 중년인이 찻잔을 내려놓으며 혼잣말을 중얼거렸다.

그 맞은편에는 중년인과 비슷한 외모의 사내들이 시립해 있었다. 대부분 짐꾼이나 마부, 보부상이나 호객꾼 같은 차림들이었다.

"십구로주(十九路主)의 판단에 따르면 그들 중 하나가 옛 철마성 출신의 기련혈마 같단 말이지? 흠, 재미있군. 상황이 무척 재미있게 돌아가고 있어."

찻잔 옆에 놓인 보고서를 훑으며 흐릿한 미소를 짓는 중년인.

외모와 달리 그의 신분은 결코 평범하지 않았다. 당금 강호의 천하제일세라 불리는 영웅성, 그곳의 모든 정보를 다루는 천밀각 산하 무영대(無影隊)의 수석대주였으니.

"안 그래도 태원 쪽에서 한바탕 난리가 났다던데, 언가장까지 눈에 불을 켜고 그들을 쫓고 있다면, 각주께서 관심을 갖고 계시던 놈들 중 일부가 이곳으로 스며들어 온 것 같군. 이봐, 삼로주(三路主)!"

"예, 대주."

"본 성에 첩지를 보내봐! 각주께서 찾고 있던 놈들 중 일부가 이곳에 나타났다고. 태원 쪽을 들쑤신 놈들은 어디로 사라졌는지 모르지만, 은월상단에 나타난 놈들은 현재 도림새(桃林塞)를 지나 여량산(呂梁山) 방향으로 향하고 있으니 후속 명령을 기다린다고 황색 첩지를 보내!"

"존명!"

삼로주라 불린 사내가 허리를 꺾으며 계단을 내려가자 중년인이 기분 좋은 표정으로 다시 찻잔을 집어 들었다.

그로부터 잠시 후, 찻집 지붕 위로 전서응이 나타나더니 이내 까마득한 구름 위로 사라졌다.

*   *   *

두두두두두!

요란한 말발굽 소리와 함께 산서 일대가 발칵 뒤집혔다.

사방에 파발이 뜨고 관도가 차단됐으며, 포승줄을 든 관인들이 마을을 뒤지고 장검을 든 무인들이 분하(汾河) 일대를 수색했다. 그중 일부는 중무장한 군사들과 함께 분하를 넘어 도림새 일대를 뒤지기 시작했다.

얼마 지나지 않아 찬바람에 말라붙은 복숭아 군락 일대에서 새하얀 연기가 피어올랐고, 그게 신호라도 됐는지 모든 이들이 여량산 쪽으로 달려가기 시작했다. 드디어 기련혈마를 비롯한 금수련 가족의 종적이 드러난 것이었다.

둥! 둥! 둥!

북소리가 천둥처럼 울렸다.

쐐액! 쐐쐐액!

쇠뇌 소리가 바람을 가르며 고막을 얼얼하게 만들었다.

산서 서부를 남북으로 가로지르는 여량산맥.

그중 산서 분주의 본고장이자 당나라 때 다섯 가지 복을 누렸다는 장수 곽자의(郭子儀)*가 왕으로 봉해진 분양(汾陽) 땅 뒤쪽으로 길게 뻗은 산봉우리에 군사들이 새까맣게 포진해 있었다. 산중턱은 물론이고 계곡과 능선마다 기치창검이 태양빛을 반사할 정도였다.

그 중간에 막혀 오도 가도 못하는 사람들.

---

* 오래, 부유하게 살고 신분이 높아지고 자식을 많이 두며, 덕을 베풀어 남에게 칭송을 받았다는 장수. 안녹산(安祿山)의 난 때 중원(中原)의 반란군을 토벌했고 장안과 낙양을 수복했다. 이후 토번국이 장안을 치려하자 위구르를 회유, 토번국을 물리쳤다.

기련혈마를 비롯한 서른 명의 마인과 금수련 가족이었다.

밤새 아홉 겹으로 둘러싸인 포위망을 뚫고 이곳까지 달려왔으나 하필 여기서 막다른 길에 몰려 버렸다.

'으음……'

기련혈마는 침통한 표정으로 전면을 노려봤다.

사방에서 화살비가 쏟아지고 군사들이 떼 지어 몰려오고 있었다. 뿐만 아니라 태양혈이 불끈 솟은 무인들이 살기 띤 눈빛으로 비탈길을 오르고 있었다.

저마다 붉은 경장 차림을 한 무인들.

기련혈마는 그들이 누군지 한눈에 알아볼 수 있었다.

'하필이면 저 독종들까지 몰려오다니……'

지금 이곳에 모인 일만 군사만 해도 감당이 불가능할 정도인데 산서 누대의 명문, 독심(毒心)의 언가장까지 나타나다니!

"할 수 없군! 독시효(毒矢梟) 네가 수고를 좀 해야겠다."

기련혈마의 시선이 자신을 향하자 애꾸눈의 장한이 의아한 표정으로 물었다.

"수고라고 하심은……?"

"통문을 돌려야겠어."

"통문이라면 어떤 통문을 말씀하시는지……?"

"산서의 동업자들에게 지존의 명이 내렸다고 전해라. 평요(平遙)와 분양을 중심으로 지근거리에 있는 문파는 모두 지존령을 따르라고."

"채주님!"

"안 됩니다!"

갑자기 마인들이 사색이 되어 소리쳤다. 독시효라 불린 애꾸눈 역시 마찬가지였다.

"대형, 허락없이 지존의 명을 전하시면 뒷감당이……."

순간 기련혈마가 눈을 부라리며 소리쳤다.

"내가 책임질 것이다! 모두에게 지존령이 내렸으니 당장 이쪽으로 집결하라고 전해!"

"대형……."

"그러실 필요까지는……."

독시효를 비롯한 마인들이 재차 만류했다. 하지만 기련혈마는 고집을 꺾지 않았다.

"내가 책임진다고 하지 않느냐? 네놈들이 항명할 생각이 아니라면 아무 소리 말고 명을 전달햇!"

"대형……."

독시효는 몇 번 입술을 달싹이다가 그만 입을 다물고 말았다.

지금 기련혈마가 내린 명령은 모반에 버금가는 행위였다.

허락없이 지존령이 내렸다고 타인을 선동하면 지존의 권위가 손상될 뿐만 아니라 마도 전체의 위계질서에 심각한 혼란이 올 수 있다. 따라서 아무리 상황이 위급하더라도 지존령을 사칭하면 지위 고하를 막론하고 극형에 처해지게 된다.

그런데 이런 사실을 누구보다 잘 알고 있는 기련혈마가 지존령을 사칭하니 모두 아연실색할 수밖에 없었던 것이다.

하지만 지금의 상황에서 금수련을 비롯한 은월상단 식솔들을 무사히 빠져나가게 하려면 그 방법 외에는 대안이 없었다. 때문에 모두 체념한 표정으로 침묵을 지켰고, 그런 그들의 머리 위로 기련혈마의 명이 이어졌다.

"그리고, 통문을 돌릴 때 어느 문파에 전달했는지 비문을 확실히 남겨놓도록. 훗날 어느 문파가 참여하고 어느 문파가 불참했는지 한눈에 알아볼 수 있게."

"…알겠습니다."

결국 독시효가 한숨을 쉬며 고개를 끄덕였다.

"그럼 최대한 빨리 다녀올 테니 부디 몸조심하시길……."

"후후, 염려 마. 이래 봬도 지존께 직접 무공을 사사받은 몸이니."

"알겠습니다. 그럼 믿고 다녀오겠습니다."

그 말을 끝으로 독시효의 신형이 안개처럼 사라졌다.

기련혈마를 비롯한 마인들은 까만 점으로 변해가는 독시효의 뒷모습을 바라보다가 이내 시선을 돌렸다. 그리고 기련혈마가 천천히 한 손을 치켜들자 다섯 명의 마인이 앞으로 나섰다.

그들은 기련혈마를 비롯한 나머지 마인들에게 잠깐 눈인

사를 보낸 뒤 곧바로 신형을 틀어 질풍처럼 비탈길 아래로 달려갔다.

'아⋯⋯.'

금수련은 자기도 모르게 입술을 틀어막았다. 그렇게라도 하지 않으면 비명 섞인 오열이 터져 나올 것 같아서였다.

아니나 다를까.

사냥개 무리 속으로 뛰어든 호랑이처럼 새까맣게 몰려드는 병사들을 베어 넘기며 발군의 무위를 자랑하던 그들.

하지만 얼마 지나지 않아 폭우처럼 쏟아지는 화살비에 의해 차츰 피투성이로 변해갔다. 그리고 붉은 경장 차림의 무인들, 언가장 무인들까지 합세하자 하나둘 어육 덩어리로 변해 결국에는 시신도 온전히 남기지 못한 상태로 죽음을 맞이하고 말았다.

그 광경을 보고 금수련을 비롯한 은월상단 식솔들이 눈시울을 붉히는 사이, 기련혈마의 손이 또다시 허공으로 향했다.

'아! 안 돼―!'

금수련은 하마터면 비명을 지를 뻔했다.

이번에 나선 사람은 무려 열 명.

그들 역시 나머지 사람들에게 눈인사를 보낸 뒤 곧바로 지면을 박찼다.

이전과 약간 달라진 점이 있다면 먼저 몸을 날린 다섯 사람은 비탈길 아래로, 나머지 다섯 사람은 시간 차이를 두고 능선 위로 향했다는 것이다.

물론 결과는 마찬가지였다.

중과부적이란 말조차 사치스러울 만큼 겹겹이 싸인 포위망.

그 안에서 마인들은 상처 입은 맹수처럼 포효했다.

그러나 무리지어 달려드는 상대에 의해 사지가 넝마처럼 찢기고 온몸이 벌집처럼 뚫린 채 비참한 죽음을 맞이하고 말았다.

하지만 그 모습을 보고도 또다시 손을 치켜드는 기련혈마.

"안 돼요! 제발! 이제 그만……! 제발! 흑!"

급기야 금수련이 오열을 터뜨리며 만류했다. 그러나 기련혈마는 무심했고 마인들은 목석같았다.

또다시 눈인사를 보내며 바람처럼 달려가는 마인들.

방식은 이전과 같았다.

다섯 명은 비탈길 아래로, 나머지 다섯 명은 시간 차이를 두고 능선 위로 향했다.

이제 비탈길 아래에 있는 병사들은 피의 유희를 즐기듯 그들을 맞았다. 언가장의 무인들도 마찬가지였다.

하지만 그들이 한 가지 놓치고 있는 게 있었다. 모두 인원이 많은 비탈길 쪽을 주시하다 보니 한 사람씩 죽어가는 능선 쪽을 주목하는 사람은 아무도 없었다. 심지어는 능선 위에 포진하고 있던 병사들도 마찬가지였다.

그게 기련혈마가 노린 승부수였다.

능선 위로 오르던 마지막 다섯 번째 마인, 분심수(分心手) 가도귀에게서 신호가 왔다. 드디어 위쪽 포위망을 뚫었다는 신호였다.

"됐다! 모두 출발!"

기련혈마가 처음으로 주먹을 불끈 쥐며 감정을 드러냈다.

'아……'

금수련은 능선을 오르는 내내 눈을 감고 싶었다.

조금 전에 본 비탈길 아래의 광경도 충격적이었지만 능선을 오르는 내내 보게 된 광경은 더더욱 충격적이었다.

한 사람씩 능선 위로 사라지던 마인들.

그들은 능선 곳곳에 죽어 있었다.

저마다 수십 발의 화살을 꿰고 온몸을 난도질당한 채 죽은 마인들.

그들의 시신은 모두 병사들의 시신과 뒤엉켜 있었다.

창에 가슴을 찔리면서도 부러진 칼로 상대의 목을 찌른 마인.

팔다리가 잘려 나가 병사의 목을 물어뜯다 죽은 마인.

동반 자살을 하듯 상대의 목을 베고 선 채로 죽은 마인……

하나같이 처참함을 넘어 끔찍한 최후를 보여주고 있었다.

그런 마인들의 시신을 보면서 금수련은 가슴이 메어져 몇 번이고 주저앉아 펑펑 울고 싶었다.

'왜? 무엇 때문에 이들이 이토록 처참한 죽음을 맞이한 것일까? 왜? 도대체 무엇 때문에?'

어느 순간, 앞서가는 기련혈마를 붙잡고 한바탕 소리를 지르고 싶기도 했다. 아무리 생각해도 생면부지의 남을 위해 이렇게 처절하게 싸우다 죽어간다는 게 도저히 이해가 되지 않았기 때문이다.

하지만 그런 원망 아닌 원망도 능선 꼭대기에 오르는 순간 모두 날아가 버리고 말았다.

'아······!'

자신들에게 신호를 보낸 마인, 가도귀를 보자마자 그만 얼어붙어 버린 때문이었다.

어찌나 충격을 받았는지 금수련은 눈물도, 목소리도 새어 나오지 않았다.

"푸르르··· 푸우··· 끄흐··· 대형··· 임무 완수··· 지존께··· 지존께······."

안간힘으로 몇 마디를 쥐어짜 낸 뒤 고개를 푹 떨어뜨리고 마는 사내.

그의 시신은 차마 눈 뜨고 보기 힘들 정도였다.

한쪽 팔과 양 허벅지가 잘려 나간 상태로 온몸에서 피를 콸

콸 흘리면서도 잘려 나간 그의 팔은 이미 절명한 장수의 입 안에 틀어박혀 있었다.

또한 가슴에 세 대의 화살을, 복부에 창대가 잘린 섬뜩한 창날이 박혀 있고 어깨에 도끼가 반 이상 파고들었지만 그의 주변엔 그 이상으로 참혹한 병사들의 시신이 쌓여 있었다.

그리고 그토록 끔찍한 상처들도 그의 얼굴에 난 상처에 비하면 약과에 불과했다.

날아드는 칼날을 얼굴로 막은 듯, 얼굴 반이 잘려 나가 하얀 광대뼈가 드러나 있었다. 코도 어디서 당했는지 퀭한 구멍만 뚫려 있었고 턱은 이미 짓뭉개져 붉은 핏물이 흘러내리고 있었다. 눈도 한쪽이 쇠뇌에 꽂혀 뒤통수로 삐져 나와 있었으나 그 상태에서도 그는 손가락 세 개가 잘려 나간 성한(?) 팔로 신호를 보내고 자신들을 기다리고 있었다.

그렇게 안간힘으로, 필사적으로 목숨 줄을 붙잡고 있다가 자신들을 보자마자 안심이 됐는지 마지막 숨결을 놓아버린 것이다.

그런 그를 보며 금수련은 아무 말도 할 수 없었다. 그저 멍하니 눈물을 흘리며 석고상처럼 서 있었다.

하지만 기련혈마를 비롯한 마인들은 잔인하다 싶을 정도로 냉정했다.

"수고했다, 가도귀. 네 이름은 마도전사명부록(魔道戰死名簿錄) 맨 윗줄에 등재될 것이다."

그렇게 중얼거린 뒤 곧바로 금수련을 비롯한 은월상단 식솔들을 재촉했다.

"당신들은, 당신들은 피도 눈물도 없나요?"

결국 금수련이 참다못해 눈물을 흘리며 소리쳤다. 아니, 소리치다가 중간에 입술이 막혀 버렸다.

솥뚜껑처럼 시커먼 손, 대력귀라고 자신을 소개하던 마인이었다.

그가 말했다.

"시간은 없고 적들은 사방에 깔렸소. 저들의 죽음을 헛되이 날려 버릴 생각이시오?"

그 말을 듣는 순간 금수련은 찬물을 뒤집어쓴 듯 번쩍 정신이 들었다.

'그래, 이들이라고 피와 눈물이 없는 게 아냐.'

자신들을 위해서였다.

자신들을 살리기 위해 슬픔조차 봉인하고 있는 것이었다.

'도대체 왜? 우리가 그들에게 무슨 의미가 있기에⋯⋯.'

속으로 중얼거리며 억지로 발걸음을 떼는 금수련.

하지만 그녀의 생각은 반은 맞고 반은 틀렸다.

기련혈마를 비롯한 마인들이 목숨을 버리면서까지 금수련 가족을 보호하는 이유는 어떤 의미가 있어서가 아니라 묵자후에게 직접 받은 명을 이행하고 있었기 때문이었다.

물론 금수련 가족이 묵자후와 특수한 관계에 있을 거라고 판단을 내린 것도 주요한 원인이기도 했지만, 설령 그렇지 않다 하더라도 똑같이 행동했으리라. 그만큼 무서운 게 지존의 명이었고, 또 지존의 명을 이행하는 것이 마인들에게 있어 최고의 보람이고 자랑이었으니.

설령 그게 죽음을 동반한 명이나 하늘을 거스르는 명이라고 할지라도.

같은 시각.

산서의 성도 태원에서 명을 이행하고 있는 이들도 마찬가지 생각이었다.

＊　　　＊　　　＊

콰콰쾅—!

한밤중에 느닷없는 폭음이 터졌다.

"뭐야?"

"무슨 일이야?"

번을 서고 있던 병사들이 놀란 새 떼처럼 이리 뛰고 저리 뛰었다. 그사이, 산서의 병권을 총괄하는 후군도독부 본영으로 안개처럼 스며드는 그림자들.

"불이야!"

"어떤 놈이 불을 지른 거야?"

시커먼 연기와 충천하는 화광(火光)을 보고 병사들이 우왕좌왕하는 순간, 날카로운 기음이 대기를 울렸다.

쉬익!

"컥!"

"끅!"

답답한 신음을 흘리며 우르르 쓰러지는 병사들.

그들 뒤로 한 무리의 그림자가 나타났다.

유령처럼 불쑥 나타난 그림자들.

한두 명이 아니었다. 무려 수백 명에 달하는 복면인들이었다.

그들 중 누군가가 담장 너머로 보이는 전각을 가리키자, 복면인들 전체가 눈 깜짝할 사이에 담장을 넘었다. 실로 무서운 신법이었다. 몇백 명이 움직이는데도 나뭇잎 스치는 소리 하나 나지 않았다.

그리고,

"컥!"

"끅……."

담장 너머에서 숨 막힌 비명이 흘러나왔다. 그 소리는 빠른 속도로 번져 갔고, 이내 장원 전체를 침묵 속에 빠뜨려 버렸다.

잠시 후,

"웬 놈들이냐? 감히 이곳이 어딘 줄 알고?"

전각 안에서 다급한 호통이 새어 나왔다. 딴엔 경계를 서고 있는 호위병을 부르는 목소리였지만 아무도 달려오는 사람이 없었다. 그리고 얼마 지나지 않아 전각 창문이 통째로 박살 나고 한 사람이 잠옷 바람으로 바닥에 내팽개쳐졌다.

머리에 치촬(緇撮)*을 튼 채 분노한 표정으로 복면인들을 노려보는 반백의 초로인.

그의 목에 섬뜩한 칼날이 겨눠졌다.

"귀하가 좌도독 연묵환?"

당금 군부의 실세, 후군도독부 좌도독의 목에 칼을 들이대고도 아무런 거리낌을 느끼지 못하는 복면인들.

그들은 묵자후의 명을 받고 태원으로 달려온 밀막의 고수들이었다.

그리고 후원 쪽에서 우도독인 연묵진과 그 가족들을 굴비처럼 엮어 나타난 복면인들은 적사묘의 고수들이었고, 한참 뒤에 수화문을 부수며 나타나 아쉽다는 표정으로 장수들의 수급을 차버리는 이들은 다름 아닌 유명마곡의 마인들이었다.

"예상보다 시끄러워지긴 했지만 다행히 명은 완수했군. 이제 슬슬 본대와 합류해 볼까?"

복면인들 중 최고 고수인 밀막의 막주 혈검 손계묵의 오싹한 목소리를 들으며 연묵환과 연묵진은 거의 동시에 정신을 잃고 말았다.

---

* 치촬(緇撮):속발을 하고 상투에 쓰는 작은 건.

제72장

혈육

魔道
道
天下

누군가 나를 위해 대신 목숨을 버린다면 사람들은 어떤 생각을 가지게 될까.

다들 마음에 부담을 느끼면서도 전에 없던 힘과 용기를 쥐어짜 내지 않을까.

은월상단 식솔들이 바로 그러했다.

근 이틀 동안 겹겹이 쌓인 포위망을 뚫고 달려가는 마인들을 뒤따르느라 기진맥진한 그들.

특히 여량산 중턱에서 오도 가도 못하는 신세가 되었을 때는 절망과 공포에 휩싸여 거의 자포자기 상태에 빠져 버렸다.

하지만 눈앞에서 죽어간 마인들과 능선 곳곳에 쓰러져 있

는 마인들의 시신을 보고 다시 힘을 냈다. 그 결과 핏빛 석양
이 걸릴 무렵, 드디어 마천루(摩天樓)처럼 느껴지던 여량산을
넘어 중양(中陽) 땅에 도착할 수 있었다.

그때까지 살아남은 사람은 기련혈마를 비롯한 다섯 명의
마인과 금수련을 포함한 여덟 명의 은월상단 직계 가족들, 그
리고 열 명가량의 각 지점 책임자들이었다.

그런데 생존자들 가운데 치매와 중풍을 앓고 있는 노가주
금적산이 포함되어 있었다.

실로 기적 같은 일이었으나, 이는 이틀 내내 그를 업고 달
린 대력귀의 공로였다.

원래는 기련혈마가 노가주인 금적산을 업으려 했지만 그
는 모두를 지휘해야 하는 입장. 할 수 없이 대력귀가 나섰고,
여기까지 오는 동안 철통같이 금적산을 보호했다.

"휴우……. 드디어 놈들의 추적을 따돌렸나 보군요."

악몽처럼 느껴지던 여량산을 넘어 멀리 땅거미가 지는 중
양 땅을 대하자 은월상단 식솔들은 너나없이 안도의 한숨을
내쉬었다.

마인들의 호위 속에 우선 쉴 곳부터 찾은 그들은 먼저 가주
인 금건건과 전대 가주인 금적산의 안위부터 보살폈다. 그리
고 마인들에게 사의를 표하고 각자 상처 부위를 돌보려는데,

쐐애액!

갑자기 섬뜩한 파공음이 고막을 울렸다.

"헉! 설마… 놈들이……?"

그랬다.

석양을 가르며 움막 한 귀퉁이에 틀어박힌 쇠뇌.

추격은 끝나지 아직 않았다.

아니, 진정한 추격은 지금부터 시작이었다.

쐐애액! 쐐쐐쐐쐐액!

모골 송연한 기음을 동반하며 빗발처럼 날아드는 쇠뇌.

"컥!"

막 금적산을 내려놓고 뒤돌아서던 대력귀가 쇠뇌에 맞아 정신없이 뒤로 튕겨났다.

그리고 그때부터 시작이었다.

두두두두두……!

지축을 울리는 말발굽 소리.

능선을 지날 때 보이지 않던 기마병들이 어느새 산자락을 돌아 눈앞을 가득 채우고 있었다. 쇠뇌로 무장한 궁노수들도 마찬가지였다.

천라지망을 방불케 하는 포위망.

더욱이 시야가 탁 트인 들판이라 엄폐할 곳도 드문 상황에서 병사들이 토끼 몰이하듯 거리를 좁혀왔다.

쐐애액! 쐐쐐쐐쐐액!

"컥……!"

빗발치는 쇠뇌를 쳐내던 마인들이 하나둘 무릎을 꿇으며

쓰러졌다.

그들은 죽어가면서도 움막 문짝을 떼어내 금적산과 은월 상단 일행을 보호하려 애썼다.

그러나 대력귀를 시작으로 풍파도와 웅조수가 쓰러지고 칼날 달린 방패를 주무기로 하던 금마왕마저 쓰러지자 마인들 중엔 기련혈마밖에 남지 않았다.

하지만 기련혈마의 어깨에도 두 발의 쇠뇌가 꽂힌 상황.

그사이 움막을 중심으로 세 겹의 포위망을 형성한 병사들이 차츰 거리를 좁혀왔다. 특히 선두에 선 궁노수들의 쇠뇌에 불길이 일렁이자 금수련 등의 얼굴에 아득한 절망감이 어렸다.

바로 그때,

"와아아아!"

"이놈들! 목을 내놔라!"

갑자기 병사들 뒤쪽에서 요란한 함성이 들려왔다. 뒤이어 격한 병장기 소리가 들리더니 병사들 사이로 수백 명의 그림자가 나타났다.

'아……!'

그들을 보고 모두의 눈에 희망의 빛이 어렸다.

지금 나타난 이들은 여량산을 넘기 전에 기련혈마가 발동한 지존령을 받고 급히 달려온 산서 흑도 문파 고수들이었다.

그들이 후미에서 병사들을 덮치자 천라지망처럼 조여오던

포위망 한쪽이 와르르 무너졌다. 그 사이로 흑도고수들이 뚫고 들어와 움막을 보호했다.

그때부터 치열한 공방전이 벌어졌다.

죽고 죽이고, 화살이 날고, 비명이 울리고…….

밤새도록 양쪽은 처절한 혈투를 벌였다.

그리고 뿌연 먼동이 틀 무렵, 들판엔 피가 강을 이루고 시체가 산을 이뤘다.

여기저기 널린 병장기들.

사지가 떨어져 나가거나 피를 뒤집어쓴 채 하얗게 눈을 까뒤집은 시신들.

실로 인세의 지옥이 있다면 바로 이곳이 아닐까 의심스러울 정도였다.

휘우웅…….

멀리서 한줄기 바람이 불어왔다.

비릿한 혈향을 동반한 겨울바람이었다.

따각따각…….

을씨년스런 들판.

사방에 널린 시체들을 짓밟으며 한 필의 백마가 나아왔다.

'연 사제……!'

선두에 선 연성걸의 얼굴을 보고 금수련이 내심 치를 떨었다.

혈전의 결과는 명확했다.

빗발치는 화살과 중무장한 병사들 앞에서 산서 흑도인들은 단 한 명도 살아남지 못했다. 물론 병사들도 그 이상으로 죽어갔지만.

아무튼 이제 다 잡은 물고기라 생각해서일까.

연성걸이 폐허가 된 움막 앞에 섰다.

살아남은 병사들이 그 주변을 에워쌌다.

연성걸은 오만한 눈빛으로 움막 안을 살펴봤다.

이미 기둥과 벽체는 무너진 지 오래고, 몇 사람이 문짝을 방패 삼아 덜덜 떨고 있었다.

'다행히 금 소저와 그 가족은 무사하군.'

내심 다행이라 여기며 입꼬리를 말아 올리는데, 어디선가 타는 듯한 안광이 느껴졌다.

'......!'

상처 입은 맹수처럼 피투성이가 되어 자신을 노려보고 있는 한 사내.

"흠....... 그런 상처를 입고도 숨을 쉬고 있다니, 대단하군! 아마도 묵자후라는 놈의 발가락을 핥는 마졸 중 하나겠지? 이름이 뭐냐?"

"훗......."

연성걸의 질문에 피식 냉소를 흘리는 사내 기련혈마.

지금 그의 상태는 매우 심각했다. 어깨엔 두 발의 쇠뇌가

꽂혀 있고 혼전 중에 날아온 화살이 배를 뚫고 등 뒤로 삐져
나와 있었다. 게다가 거무튀튀한 창날이 그의 허벅지를 뚫고
바닥에 꽂혀 있었다.

즉, 그의 하반신은 이미 꼼짝도 할 수 없는 상태.

그런 처참한 상황임에도 기련혈마의 눈빛은 활활 타오르
고 있었고, 힘줄 돋은 손엔 피에 젖은 칼이 금방이라도 연성
걸을 벨 듯 광포한 살기를 흘리고 있었다.

하지만 연성걸은 이미 그의 상태를 한눈에 꿰뚫어 봤다.

허장성세.

지금 상대는 간신히 숨만 쉬고 있는 상태다.

"후후, 버러지만도 못한 놈이 감히 내 앞에서 코웃음을
쳐?"

연성걸의 눈빛이 싸늘한 한광을 발했다. 뒤이어 말고삐를
잡고 있던 그의 손이 바람을 갈랐다.

슈욱!

퍽……!

가죽 북 터지는 소리와 함께 기련혈마의 고개가 휙 돌아갔
다.

부르르 떨리는 기련혈마의 뺨.

어깨에 박힌 쇠뇌와 복부를 꿰뚫은 화살, 허벅지에 박힌 창
이 장력의 여파에 진동을 일으키며 끔찍한 통증을 안긴 때문
이었다.

"후후, 왜? 기분 나쁘냐? 그러게 날 자극하지 말았어야지, 이 버러지만도 못한 놈아!"

퍽, 퍽, 퍽!

비웃음 띤 표정으로 마치 악동이 애완견을 괴롭히듯 마구 장력을 날리는 연성걸.

평소 같으면 그 정도 장력쯤은 웃으며 맞받아칠 기련혈마였다. 하지만 지금의 상처는 가벼운 장력조차 감당하기 힘들 만큼 위중했다. 그러다 보니 장력이 날아올 때마다 기련혈마의 안색이 창백하게 변했고, 그의 상처 부위가 벌어지며 붉은 핏물을 토해냈다.

"으으! 저 잔인한……."

"그만두지 못하겠소? 명색이 지휘관이 되어 어찌 부상자를……."

결국 보다 못한 은월상단 식솔들이 분노에 떨며 한마디씩 했다. 그러자 연성걸의 눈빛이 휘릭! 그들을 향했다.

"호! 이것들 보게? 간 크게 나라의 재물을 빼돌린 역도 주제에 감히 본관의 행사에 시비를 걸어?"

그 말과 함께 은월상단주인 금건건을 노려보는 연성걸.

바로 그때였다.

"이—놈—!"

갑자기 기련혈마에게서 한줄기 노성이 터져 나왔다. 동시에 연성걸이 방심하기만을 기다리고 있던 기련혈마가 손에

쥐고 있던 애도를 벼락처럼 날렸다.

패애액!

일격필살의 기세로 날아오는 시퍼런 칼날.

"헉?"

연성걸은 너무 놀라 하마터면 안장 위에서 떨어질 뻔했다.

하지만 천만다행으로 귀밑만 살짝 스치고 지나간 칼날.

"으음……!"

기련혈마는 아쉬운 탄식을 발했고, 연성걸은 급히 말고삐를 틀어 병사들 뒤쪽으로 달아났다. 그리고 병사들 뒤에서 흘러나오는 살기에 찬 명령.

"궁노수들은 뭐 하고 있느냐? 죽여! 당장 저놈을 죽이란 말이야!"

명이 떨어지자 기련혈마를 향해 수백 발의 화살이 날았다.

퍼퍼퍼퍼퍽……!

고막을 자극하는 섬뜩한 음향.

'아……'

금수련은 형체조차 알아볼 수 없게 죽어간 기련혈마의 시신을 보고 두 손으로 얼굴을 가렸다.

"귀하는… 귀하는 오늘 일에 대한 보응을 반드시 받게 될 것이오!"

금건건이 치를 떨며 연성걸을 노려봤다.

"흥! 저 늙은이가 아직도 주둥이가 살았군. 여봐라!"

"예, 공자!"

"저 늙은이가 아직 뜨거운 맛을 못 본 모양이다. 본보기를 보여줘!"

"존명!"

명을 받은 병사들이 은월상단 식솔 중 한 사람을 끌어냈다.

"안 된다, 이놈들—!"

금건건이 사태를 짐작하고 고함을 질렀지만,

서걱!

"꺄악!"

"아악!"

금수련을 비롯한 모두의 입에서 비명이 튀어나왔다. 심지어는 까무러치는 사람도 있었다.

"후후, 이제 정신이 번쩍 드느냐?"

병사들에게 무참히 살해당한 시신을 가리키며 오만한 표정을 짓는 연성걸.

금건건은 눈시울을 붉히며 이를 갈았다.

"으으, 이 천인공노할……! 하늘이 두렵지 않단 말이냐?"

"호! 이건 뭐, 배짱도 아니고 만용도 아니고. 그래, 아직 뜨거운 맛을 덜 봤단 말이지?"

연성걸의 시선이 다시 병사들을 향했다.

서걱!

"으악!"

처참한 비명 소리와 함께 또 하나의 시신이 늘었다.

"으으……."

이제 모두의 눈에 공포가 어렸다. 금건건 역시 마찬가지였다.

"자, 이제 정신이 좀 들었겠지? 그럼 몇 가지 질문을 던지겠다. 만약 거짓말을 한다면, 후후, 그 결과가 어찌 될 것인지는 모두의 상상에 맡기겠다."

그러면서 연성걸이 느긋한 표정으로 질문을 던졌다.

"먼저, 그놈… 묵자후와 너희 상단은 어떤 관계냐?"

"어떤 관계라니? 우린 그에 대해 아는 게 거의 없다!"

금건건이 두려움에 떨면서도 당혹스런 표정을 지었다.

"호! 오리발을 내미시겠다?"

연성걸의 눈빛이 차갑게 굳었다. 뒤이어 그의 시선이 어딘가를 향하자 금건건을 비롯한 모두의 안색이 급변했다.

"아, 안 돼……!"

연성걸의 눈빛이 향한 곳. 그곳엔 치매와 중풍을 앓고 있는 노가주 금적산이 멍하니 벽에 기대 있었다.

비록 지금은 자녀들조차 몰라볼 정도로 중병을 앓고 있으나 한때는 강북의 상권을 주름잡던 입지전적인 인물이었다. 또한 지금도 은월상단 식솔들에겐 정신적인 지주로 추앙받고 있었다.

그런 그에게 병사들이 무례한 태도로 겁박을 가하자 모두 비명을 지르며 그 앞을 막아섰다.

"안 되오!"

"제발! 노가주님만은 안 되오! 차라리 날 대신 죽이시오!"

"이것들이 왜 이리 난리야?"

"저리 안 꺼져?"

병사들이 무자비하게 창검을 휘두르며 그들을 떼어냈다. 그러자 조부를 부축하고 있던 금수련이 눈에 독기를 띠며 소리쳤다.

"당신들은 부모도, 가족도 없어요? 우리가 무슨 죄를 지었다고 이래요?"

"아니, 이년이 어디서 눈을 치뜨고 난리야?"

병사들 중 한 명이 인상을 쓰며 창으로 그녀를 찌르려는 찰나였다.

"잠깐!"

연성걸이 손을 들어 병사들을 말렸다. 그리고 말허리를 툭 치며 앞으로 나아와 선심을 베풀 듯 이야기했다.

"그래도 천금의 소저이신데 그렇게 난폭하게 다루면 쓰나? 따로 정중히 모시고, 그 늙은이나 어서 끌어내."

그 말이 끝나는 순간, 금수련이 벌떡 일어서며 연성걸을 노려봤다.

"연 사제, 그대가 우리 집안에 이런 행패를 부릴 줄이야……!"

원한과 중오에 찬 눈빛으로 연성걸을 노려보는 금수련.

"훗. 연 사제라니? 언제부터 그대가 내 사저가 되었단 말이오?"

연성걸이 피식 웃으며 비아냥거리듯 말했다.

"그리고, 행패라니? 우린 지금 행패를 부리고 있는 게 아니라 국법을 집행하고 있는 중이오."

"거짓말!"

"거짓말이라니?"

"어지(御旨)도 없고 공문(公文)도 없고, 죄에 대한 증거나 증인도 없이 무슨 법을 집행한단 말이에요? 그리고 예전에 만났던 묵 공자와 우리 집안이 무슨 상관이라고 사람들을 죽이고 겁박하는 거예요?"

"호! 묵 공자라!"

연성걸의 눈에 질투의 불길이 이글거렸다.

"전혀 모르는 사인데 그따위 마졸에게 묵 공자라고? 모르는데 그놈이 너희 집안에 인사를 드리러 오겠다고?"

그 말에 금건건이 화들짝 놀란 표정으로 금수련을 봤다.

"설마… 네가 아는 사람이냐?"

금수련이 씁쓸하게 웃으며 고개를 가로저었다.

"저도 잘 몰라요. 저번에 왜, 전왕이자 도마, 환마라는 사람과 우연히 만난 적이 있다고 말씀드렸잖아요"

"아! 그래. 기억나는구나! 그런데 그 사람에 관한 걸 왜 우리에게……?"

"저도 모르죠. 왜 우리한테 이러는지……."

그러면서 금수련이 노려보자 연성걸의 안색이 돌처럼 딱
딱하게 굳어갔다.

그는 한동안 금수련과 금건건 부녀를 뚫어질 듯 노려보다
가 씹어뱉듯 말했다.

"실망스럽게도… 끝까지 발뺌을 하는군. 좋아, 그렇다면
방법은 한 가지뿐이지."

연성걸의 고개가 병사들을 향해 휙 돌아갔다.

바로 그때였다.

연성걸의 신호를 보고 병사들이 강제로 금적산을 끌고 나
오려 할 때,

"……!"

갑자기 금수련의 눈이 찢어질 듯 커졌다.

"세, 세, 세상에……!"

무엇을 본 것일까.

그녀의 입이 딱 벌어졌다.

너무 놀라 말조차 할 수 없었다.

아득한 허공에서 뭐라고 형용할 수 없는 오싹한 기운이 장
내로 들이닥친다 싶더니, 갑자기 금적산을 끌고 나오던 병사
들이 그 자리에서 뻣뻣이 굳어버렸다.

놀랍게도 병사들의 전신엔 거미줄 같은 금이 가 있었다.

그뿐만이 아니었다. 그 오싹한 기운이 사방으로 퍼진다 싶은 순간, 연성걸 뒤에 있던 병사들이 모래알처럼 스르르 허물어져 버렸다.

뭔가 이상한 표현 같지만 사실이 그랬다. 병사들의 육신이 모래알처럼 변해 일제히 바닥으로 쓰러져 버렸다.

단 한 번도 상상해 본 적 없는 광경!

너무 끔찍한 광경이라 비명도 나오지 않았다.

소리없이 들이닥친 죽음!

"꺄아아아아아악!"

비명 소리는 한참 뒤에 흘러나왔다. 가장 먼저 병사들의 죽음을 목격한 금수련의 입을 통해서였다.

"……?"

금수련의 비명을 듣고 연성걸이 어리둥절한 표정을 지었다.

아직 그의 시선은 금수련 부녀를 향하고 있기 때문이었다.

그런 그의 머리 위로 누군가의 그림자가 나타났다.

"저, 저, 저……."

정체불명의 기류가 미치지 않은 공간, 세 겹의 포위망 맨 끝에 포진해 있던 병사들 중에 누군가가 손가락을 치켜들며 뭐라고 소리치려 했다. 하지만 그가 입을 벌리는 순간, 그의 얼굴이 꽈리처럼 퍽 터지고 말았다.

"으아아!"

그 광경을 보고 혼비백산해 사방으로 도망치는 병사들.

하지만 도망칠 수 있었던 병사는 극소수에 불과했다. 대부분의 병사들이 공포에 질려 그 자리에서 석고상처럼 굳어버렸다.

그들 모두의 망막을 사로잡은 그림자.

흑오였다.

은푸른 달빛을 받으며 지면으로 하강하는 흑오. 그녀의 이마에 세 개의 눈동자가 검붉은 광망을 내뿜고 있었다.

그런 흑오를 보고 금수련은 너무 무서워 그만 기절하고 말았다. 그 때문에 볼 수 없었다.

퍽!

연성걸의 남은 팔 하나가 형체도 없이 사라져 버리는 광경을.

또한 갑자기 팔을 잃어버리는 바람에 충격과 공포에 빠져 허둥지둥 달아나려는 연성걸의 뒷덜미를 낚아채며 등장한 십척 거한 광마도, 광마에 이어 등장한 수많은 그림자도, 그리고 그들 모두의 영접을 받으며 장내에 등장한 묵자후도 볼 수 없었다.

그리고 묵자후의 시선이 조부인 금적산과 부친인 금건건에게 고정된 채 한없이 떨리고 있다는 사실도.

*　　　*　　　*

'와아!'

금사옥(琴思玉)은 지금 꿈을 꾸고 있는 것 같았다.

바로 눈앞에서 엄청난 후광을 내뿜고 있는 사내.

가끔 강호인들이 이야기하는 호신강기도 저보다 찬란하지 는 못하리라.

'그런데 저 광채를 내뿜고 있는 사람이 내 외사촌 형이라 니!'

도저히 믿기지 않는 현실.

누가 들으면 거짓말이라고 이야기할지 모르겠지만 틀림없 는 사실이었다.

"휴우……."

눈부신 후광에 감싸여 있다가 긴 숨을 토하며 자리에서 일 어서는 사내. 머리엔 옥관자를, 등엔 아수라 형상이 그려진 금빛 전포를 걸친 그는 금사옥의 마음속 우상이 되어버린 묵 자후였다.

묵자후가 자리에서 일어서자 모두의 시선이 그를 향했다.

"어떻게… 좀 차도가 있겠는가?"

아직 평대가 어색한지 조심스럽게 입을 여는 초로인은 금 사옥의 부친이자 태평대인이라 불리는 금건건이었다.

금건건이 초조한 눈빛으로 묵자후를 바라보는 이유는 그 의 부친인 금적산 때문이었다.

묵자후가 외조부의 병을 진단해 보겠다며 아침부터 지금까지 진기요상술을 펼치고 있었기에 내심 고맙기도 하고 저러다가 혹시 탈이라도 나면 어쩌나 싶어 걱정이 된 것이었다.

그렇게 안절부절못하는 금건건을 보며 묵자후는 희미한 미소를 지어 보였다.

"단시일에 효과가 나타나진 않겠지만 차츰 좋아지실 것입니다."

"오! 그게 정말인가?"

믿기지 않는다는 듯 급히 침상 쪽으로 다가가는 금건건.

침상에는 주름살이 깊게 파인 고집스런 눈매의 노인이 누워 있었다.

이십사 년 전에는 금화상단이라 불렸지만 지금은 은월상단이라고 불리는 산서 유력 상단을 일군 창업자이자 묵자후의 외조부가 되는 금적산이었다.

오랫동안 치매와 중풍을 앓아 홀쭉하게 여윈 뺨과 검버섯 핀 앙상한 손을 어루만지며 금건건은 눈시울을 붉혔다.

"아버지… 그렇게도 찾으시던 초초, 그 아이의 아들이 왔습니다. 아버지 외손주가 찾아왔단 말입니다."

부친의 뺨에 얼굴을 비비며 나지막하게 흐느끼는 금건건.

금사옥은 자기도 모르게 눈시울을 붉혔다.

조부를 대하는 부친의 태도를 보니 그동안 부친의 속을 썩인 자신의 행실이 부끄러워졌기 때문이다.

'그러고 보니 내 이름을 사옥이라고 지은 이유도 저분의 모친 초초 고모를 생각한다는 뜻에서 지었다고 했지.'

금초초의 '초' 자가 바로 옥(玉) 초 자였다. 그래서 막내 손자의 이름을 옥, 그러니까 금초초를 생각한다[思]는 의미로 사옥이라고 지은 금적산이었다.

'난 그것도 모르고 한때 여자 이름을 붙여줬다며 할아버지를 원망했었지.'

그렇게 철없이 심통을 부릴 때 부친이 조용히 자신을 타일렀다.

지금 조부는 큰 병을 앓고 계시다고. 그 병은 행방불명된 고모를 그리워하다가 앓게 된 병이라고.

'그런데 이제 외사촌 형이 찾아왔으니 고모도 곧 찾아오시겠지? 늙은 하인들에게 듣기론, 엄청난 미인이신 데다가 지혜도 뛰어나고 남자 못지않은 배짱을 지니셨다고 들었는데, 저분을 보니 그 말이 사실이겠구나.'

아직 저간의 사정을 모르는 금사옥은 마냥 선망 어린 눈빛으로 묵자후를 훔쳐봤다.

그때 금수련이 주저주저하며 묵자후 쪽으로 다가갔다.

"저어… 어제는 경황 중이라 미처 인사를 못했네. 다시 만나서 반갑고, 우리 가족을 구해줘서 너무 고마워. 그런데… 정말 강호를 울리는 전왕이자 도마, 환마가 바로… 너야?"

부친에게 듣기로는 묵자후가 자기 동생뻘이 된다고 하지

만 아직 실감이 나지 않는 금수련이었다.

하지만 그의 주위에 늘어서 있는 흉신악살 같은 마인들과 어젯밤 무시무시한 눈길로 병사들을 단숨에 몰살시켜 버린 소녀가 그의 곁에 있는 걸 보니 안 믿을 수도 없는 상황이었다.

묵자후는 어색해하는 금수련을 향해 부드러운 미소를 지어 보였다.

"그렇게 어려워하실 필요없습니다, 누이. 말씀하신 것처럼 제가 항간에서 말하는 전왕이자 환마, 도마입니다."

"아! 정말… 이었구나. 대단하네……."

금수련은 고개를 끄덕이면서도 자기도 모르게 말꼬리를 흐렸다.

묵자후가 소문대로 엄청난 인물이길 바라면서도 아니길 바라는 이 이중적인 감정은 무엇 때문일까.

아마도 정파에 속한 자신의 사문과 강호 전체를 횡행하며 사업을 벌여야 하는 가문의 입장 때문이리라.

"아무튼 힘든 일을 많이 겪었다고 들었는데, 우리 집안 때문에 또다시 힘들어져서 어쩌지? 소문을 들어보니 사방에 군사들이 쫙 깔렸다던데……."

그녀의 말대로였다.

지금 산서는 한바탕 벌집을 쑤신 듯 소란스러웠다.

산서 군부를 좌지우지하는 후군도독부의 수뇌가 정체불명

의 인물들에게 납치되고, 은월상단으로 향한 일만의 군사가 바닷물에 빠진 듯 행방이 묘연했기 때문이다.

산서 무림계 역시 소란스럽긴 마찬가지였다.

어젯밤 간신히 목숨을 건진 몇 사람에 의해 묵자후를 비롯한 마인들이 산서로 진입했다는 소식을 듣고 다들 공포와 경계의 눈빛이 번뜩이고 있었다.

하지만 아직 강호인이라기보다는 상단의 만딸 입장에 가까운 금수련이었기에 외사촌 동생이 자기들 때문에 군부와 부딪쳤다는 게 가장 큰 걱정이었다.

조부인 금적산이 입버릇처럼 이야기했을 뿐만 아니라, 상계에서도 불문율처럼 전해져 내려오는 '권력과 맞서면 패가망신밖에 남는 게 없다' 라는 경고가 떠오른 때문이었다.

그러나 정작 묵자후가 자신들을 구하기 전에 이미 후군도독부의 수장들을 납치했으리라고는 꿈에도 생각지 못하고 있는 금수련이었다.

아니, 납치만 하고 그친 게 아니었다.

원래는 그들의 신병을 확보해 만약의 사태에 대비하려 했으나 제때 발휘된 흑오의 신비스런 능력과 여량산 기슭에 쓰러져 있는 수하들의 시신을 보고 묵자후는 두 사람 모두를 죽여 버리라고 명했다. 연성걸 역시 마찬가지였다.

받은 것의 열 배를 되돌려주는 게 바로 마도의 철칙이었기에.

또한 다른 사람도 아닌 모친의 가문을 건드렸기에 결코 용서할 수 없었다.

하지만 그런 이야기까지 해주면 괜한 걱정을 할까 봐 묵자후는 빙긋 웃으며 금수련의 마음을 다독였다.

"힘들어지다니요? 아무 걱정 하지 않으셔도 되오, 누이. 그들이 어떻게 나오든 방법이 있으니까요."

그랬다. 아주 효과적인 방법이 있었다.

후군도독부의 수장인 연묵진과 연묵환을 죽이기 전에 이미 그들의 인피면구를 확보해 놓으라고 명을 내렸다. 그러니 적당한 시기에 수하들을 그들로 위장시켜 군부로 들여보내면 된다. 그러면 사태는 금방 진정될 것이고, 여차하면 거꾸로 군부를 활용할 수 있다.

하지만 금수련은 못내 걱정이 되는지 염려스런 표정으로 중얼거렸다.

"그래도 군부와 부딪치면 득(得)보다 실(失)이 많을 텐데……."

그때였다. 눈물을 흘리며 부친의 상태를 살피던 금건건이 자리에서 일어나 두 사람 쪽으로 다가왔다.

그는 한쪽에 놓인 다탁 의자에 털썩 주저앉더니 묵자후에게도 자리를 권하며 말했다.

"그래, 하나를 보면 열을 안다고, 어젯밤 일로 이미 조카의 능력을 짐작했으니 딴 걱정은 하지 않겠네. 다만 한 가지 물어볼 게 있는데, 초초 그 아이는 지금 어디 있는가? 정말 살아 있기는 한 것인가?"

묵자후는 잠시 망설이다가 고개를 끄덕이며 대답했다.

"예. 당연히 살아 계십니다. 지금은 말 못할 사정이 있어서 멀리 계시지만 빠른 시일 내에 외조부님을 뵈러 이쪽으로 오실 겁니다."

나직하지만 확신에 찬 목소리였다.

만약 이 자리에 무풍수라나 흡혈시마가 있었다면 아니라고 입방정을 떨었겠지만, 지금 무풍수라는 섬서에서 화산을 치고 있고, 흡혈시마는 산서 북부로 향해 항산파를 치고 있을 것이다.

또한 광마는 오태산으로 향했고, 혈우검마는 언가장으로 향했다. 그리고 유명마곡과 적사묘는 왕옥산으로, 밀막은 산서 성주*를 협박하고 있으리라.

그렇게 다들 따로 움직이라고 명한 이유는 한참 열받아 있을 군부와 관부, 그리고 산서 무림의 이목을 피하기 위함도 있었지만 그보다는 금건건을 비롯한 은월상단 식솔들이 피의 행진을 보고 너무 놀랄까 봐 염려해서였다.

하지만 그런 사정을 알 리 없는 금건건은 동생인 금초초가 살아 있다는 말에 연신 가슴을 쓸어내렸다.

"휴우, 무심한 녀석, 그렇게 살아 있으면서 여태 소식 한 장

---

* 성주: 성(省)의 최고 행정 책임자를 가리키는 말은 시대마다 달랐다. 하지만 일반 백성들은 대개 성주라고 부르는 경우가 많았다.

없다니……. 비록 아버지가 홧김에 절연하겠다고 선언하셨지만 그건 본심이 아니라는 걸 잘 알고 있을 텐데, 매정한 녀석 같으니라고."

그러면서 눈시울을 붉히는 금건건.

묵자후는 뭐라고 대답할 말이 없었다. 그저 어머니도 마음 아파하시더라고, 사정이 여의치 않아 그럴 수밖에 없었노라고 마음속으로 중얼거릴 수밖에 없었다.

그로부터 며칠이란 시간이 지났다.

묵자후는 금건건을 비롯한 외숙부 가족들과 많은 정을 나누었다. 특히 금수련을 비롯한 외사촌 형제들과는 모친의 무공을 가르쳐 주며 더더욱 돈독한 정을 쌓았다.

그사이 형산파는 봉문을 선언했고 언가장은 장주 부인과 두 아들을 제외한 전원이 몰살당하고 말았다.

오태산파와 왕옥산파도 언가장과 비슷한 종말을 맞았다. 두 문파 모두 극소수 인원을 제외한 전원이 죽임을 당하고 만 것이다.

산서의 최고 행정 책임자인 산서 성주는 밤마다 흉기를 들이대는 밀막 살수들의 협박에 못 이겨 관원을 모두 철수시켰고, 후군도독부 역시 좌우도독으로 위장한 마인들에 의해 병사들을 모두 철수시켰다.

그리고 산서의 각 문파들은 석양이 지는 밤마다 낯선 그림자의 방문을 받았다. 묵자후를 비롯한 마인들의 방문이었다.

지존령에 굴복을 맹세하면 살고 거부하면 멸문이었다.

특히 기련혈마가 죽기 전에 내린 긴급 소집 명령에 불응한 문파는 훤한 대낮에 마인들의 방문을 받았다. 그리고 어느 누구도 경험해 보지 못한 끔찍한 고통을 받으며 죽어갔다. 그들 문파에서 살아남은 사람은 단 한 명도 없었다. 사람뿐만 아니라 소와 양을 포함해 풀 한 포기조차 살아남지 못했다.

소리없이 번져 가는 죽음의 공포.

묵자후가 움직이기 시작한 지 엿새 만에 산서무림은 정사(正邪)를 막론하고 모두 지존령에 충성을 맹세했다.

느닷없이 은월상단을 덮친 연성결 때문에 조금 일이 꼬일 뻔했지만, 애초의 계획대로 산서를 석권한 묵자후는 음풍마제와 무풍수라에게 전언을 보내 당분간 이곳에서 수하들을 훈련시키며 힘을 기르려 했다.

그런데 음풍마제와 무풍수라에게 전언을 보내던 날, 청해에서 긴급을 알리는 첩지가 날아왔다. 희사가 보낸 것이었다.

첩지의 내용은 이러했다.

지존께 아뢰옵니다.

혹시라도 군림행에 누가 될까 망설였으나 여러모로 생각해 보니 더할 수 없이 중요한 소식이란 판단이 들어 감히 첩지를 띄웁니다.

며칠 전, 성숙해 인근에서 정체불명의 인물들이 곤륜파에게 쫓기고 있다는 소문을 접하게 되었습니다. 하여 은밀히 사람을 보내본 결과, 놀라운 소식을 보고받게 되었습니다.

곤륜파 고수들에게 쫓기고 있는 이들은 모두 세 사람으로, 그중 한 사람은 초절정을 넘어선 도객이라 하옵니다. 더욱이 팔이 하나밖에 없다고 전해지는데, 그의 도법이 실로 막강하여 그를 쫓던 곤륜파 장로 세 사람이 순식간에 목숨을 잃었다고 합니다. 그리고 다른 한 사람은 당가의 만천화우에 버금가는 암기의 고수이며, 나머지 한 사람은 화기를 귀신처럼 다룬다고 하는데, 쫓고 쫓기는 추격전 와중에 그들 중 한 사람의 목숨이 위급하며 다른 한 사람도 상태가 좋지 않다는 소식입니다.

그런데 놀라운 것은, 그들의 무공이 매우 익숙하다는 전언입니다. 천첩의 소견으로는 아무래도 천금마옥에서 생활하신 분들이 아닐까 판단되며, 현재 그들이 향하고 있는 방향은 파안객랍산(巴顔喀拉山)을 타고 감숙이나 사천으로 갈 것 같습니다. 그러나 쫓기고 있는 형세로 봤을 때 감숙 남서부 쪽으로 갈 확률이 높으며, 이 첩지가 도착할 때쯤이면 감숙을 지나 섬서로 접어들었을 확률도 있습니다.

소식이 들어오는 대로 계속 첩지를 띄울 것이니 군림행에 누가 된다면 따로 하교를 내려주시길……

첩지를 받아 든 묵자후의 손이 부들부들 떨렸다.

"천금마옥! 천금마옥이라고……?"

초절정을 넘어선 외팔이도객.

만천화우를 넘어선 암기의 고수.

그리고 화기를 귀신같이 다루는 사람이라면……?

묵자후의 눈빛이 격하게 떨렸다.

"모두 들어라! 대지급명령(大至急命令)이다! 지금 즉시 섬서 쪽으로 출발한다! 지존의 이름으로 내리는 명이니 즉각 시행하도록 하라!"

명을 내리는 묵자후의 목소리 역시 풍랑을 만난 듯 흔들렸다.

그렇게 떨리는 눈빛, 흔들리는 목소리의 묵자후는 처음 보는 마인들이었다.

〈제7권 끝〉

화공도담

畵工 道談

촌부 新무협 판타지 소설

예(禮)와 법(法)을 익힘에 있어
느리디느린 둔재(鈍才).
법식(法式)에 얽매이기보다 마음을 다하며,
술(術)을 익히는 데는 느리지만
누구보다 빨리 도(道)에 이를 기재(奇才).

큰 지혜는 도리어 어리석게 보이는 법[大智若愚]!

화폭(畵幅)에 천지간(天地間)의 흐름을 담고
일획(一劃)에 그리움을 다하여라!

형식과 필법을 익히는 데는 둔하나
참다운 아름다움을 그릴 수 있게 된
화공(畵工) 진자명(陳自明)의 강호유람기!

유행이 아닌 자유추구 -
WWW.chungeoram.com
Book Publishing CHUNGEORAM

저작권 보호!!
장르문학의 성장에 힘이 되어주십시오.

저작물의 무단 전재와 복제, 불법 다운로드! 이것은 관심이 아니라 무관심입니다!

작가님들은 창의적 열정과 시간을 투자해 자신의 꿈과 생계를 유지합니다.
한 권의 책을 만들어 많은 사람들은 자신의 인생과 미래를 설계합니다.

저작물 속에는 여러 사람의 노력과 희망이 담겨 있습니다!

저작물의 무단 전재와 복제, 불법 다운로드는 여러 사람들의 꿈과 생계를
위협함으로써 장르문학을 심각한 상황에 빠뜨리고 있습니다.

이제는 무관심이 아니라 관심으로 장르문학의 성장에 힘이 되어주세요.

[도서출판 청어람은 항시적인 저작권 보호를 통해 장르문학과
여러분의 희망을 지키겠습니다.]

도서출판
청어람

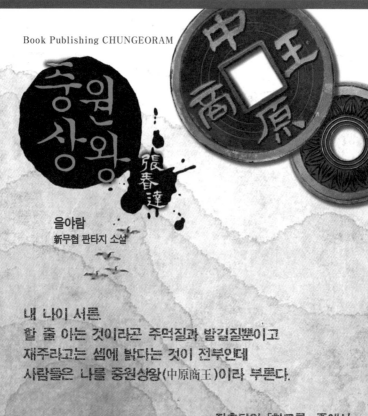

Book Publishing CHUNGEORAM

중원상왕

張春達

을아람
新무협 판타지 소설

내 나이 서른.
할 줄 아는 것이라곤 주먹질과 발길질뿐이고
재주라고는 셈에 밝다는 것이 전부인데
사람들은 나를 중원상왕(中原商王)이라 부른다.

— 장춘달의 「회고록」 중에서

이경영
판타지 장편 소설

가즈
나이트R

GodsKnight R

이제는 그 전설조차 희미해진 옛 신계, 아스가르드.

그 멸망한 신계의 전사가 새로운 사명을 품고
다시금 인간들의 곁으로 내려온다.

렘런트라는 이름의 적들, 되살아나는 과거, 그리고 가치관의 차이.
그 모든 것들과 맞서 싸우려는 그녀 앞에 신은 단 한 사람의 전우를 내려준다.

그는 붉은 장발의, R의 이름을 가진 남자였다!

초대작 「가즈 나이트」의 부활!
신의 전사들의 새로운 싸움이 지금 시작된다!

Book Publishing CHUNGEORAM

 유행이 아닌 자유추구 –
WWW. chungeoram.com

화 마 경

火魔經

허담 新무협 판타지 소설

FANTASTIC ORIENTAL HEROES
허담 新무협 판타지소설

화 마 경

大魔經

대호산의 다섯 산적이 자칭 천하제일인을 만난다.

괴노 마효(魔梟)!
그는 정말 천하제일인이었을까?
그의 화마경은 정말 천하제일무경일까?

인간의 마음속에 억압된 자아를 끌어내는 자(者)의 무공!
그 화마경의 세계로 다섯 산적이 뛰어든다.

"본래 사람 사는 세상이 화마의 세계인 거다."

유행이 아닌 자유추구 -
WWW.chungeoram.com
Book Publishing CHUNGEORAM